EL HOMBRE GRULLA

EL HOMBRE GRULLA

KELLY BARNHILL

Traducción de Mia Postigo

UMBRIEL

Argentina · Chile · Colombia · España
Estados Unidos · México · Perú · Uruguay

Título original: *The Crane Husband*
Editor original: Tor Publishing Group
Traducción: Mia Postigo

1.ª edición: marzo 2024

ISBN: 978-84-19030-85-6
E-ISBN: 978-84-19936-52-3
Depósito legal: M-438-2024

Fotocomposición: Ediciones Urano, S.A.U.
Impreso por: Romanyà Valls, S.A. – Verdaguer, 1 – 08786 Capellades (Barcelona)

Impreso en España – *Printed in Spain*

Para las madres que alzaron el vuelo.
Y para aquellos a los que dejaron atrás.

1

La grulla entró por la puerta principal como Pedro por su casa. Mi madre avanzaba un poco por detrás, con la mano enterrada en sus plumas hasta más allá de la muñeca. Él era bastante alto, más que un hombre promedio, al menos por unos cuantos centímetros. Lo vi agachar la cabeza para pasar bajo el arco que conducía hacia nuestra vieja hacienda, el cual no era demasiado alto. Tenía el andar de todas las grullas: movimientos marcados hacia arriba y hacia abajo, hacia adelante y hacia atrás. Y, aun así, se las ingeniaba para que sus pasos tuvieran un contoneo inconfundible. Observó nuestro hogar con una mirada desdeñosa, y yo fruncí el ceño.

Ya había puesto la mesa, además de haber cortado el pan para untarlo con mantequilla. Aunque estaba un poco duro en los bordes, no había más remedio. Había hecho lo que había podido para ablandarlo bajo un trozo de papel de cocina, húmedo y cálido, durante un par de minutos. Mientras tanto, la sopa de sobre burbujeaba en el fuego.

Mi hermano, quien solo tenía seis años por aquel entonces, se encontraba sentado y sin moverse en su silla, con los ojos abiertos como platos y una expresión solemne. Se quedó mirando los aires larguiruchos de la grulla conforme se paseaba por el salón, con su largo cuello colgando con cada paso que daba, como un metrónomo. La grulla se detuvo cuando llegaron al umbral de la cocina y ladeó la cabeza. Mi madre se quedó a su lado, con el cabello desordenado y el cuello de su jersey que se le deslizaba ligeramente por la curva del hombro izquierdo. Entonces apoyó la cabeza contra él. ¿Estarían esperando que los invitásemos a pasar? Pero si era su casa, y ella nunca se había frenado al traer sus visitas.

Era la primera vez que nos traía una grulla, eso sí.

Mi hermano se quedó con la boca abierta.

—Michael —lo llamé, en un susurro—, cierra la boca. —Tenía quince años y había estado a cargo de mi hermano desde el día en que había nacido. Él era obediente y confiaba en mí por completo. Me buscó la mano con la suya, pequeñita y cálida, bajo la mesa y la aferró con fuerza. Pese a que cerró la boca con el chasquido de sus dientes al chocar unos contra otros, no apartó sus ojazos del pájaro.

Yo también me lo quedé mirando, no pude evitarlo. Era una grulla enorme. Quedaba por encima de mi madre, y eso que ella ya era bastante alta. Mi madre alzó la vista para mirarlo, y el ave hizo lo mismo. Ella soltó una risita, de pronto, como una colegiala. Apreté los labios en una mueca de seriedad: ya sabía lo que significaba esa reacción. Mi madre enterró la otra mano en el plumaje de la grulla, para luego cerrar y abrir los dedos y maravillarse con la sensación.

—Queridos —empezó a decir mi madre—, quiero presentaros a alguien.

La grulla llevaba un sombrero de hombre, ligeramente inclinado hacia delante en lo que supuse que era un arrebato de confianza. A pesar de que tenía unas gafas que hacían equilibrio sobre su pico —increíblemente afilado; era lo primero que había visto—, sus ojos, de color negro, de una intensidad y severidad extrema y tan brillantes que casi dolía mirarlos, no parecían ver a través de ellas. Me daba la impresión de que solo las llevaba como parte de su atuendo.

Mi madre y él entraron en la estancia. La grulla tenía un ala rota, sujeta con una férula que parecía haber sido fabricada mediante dos trozos de madera y unos retales de tela rasgada de una de las blusas de mi madre. El ala descansaba sobre un cabestrillo que tenía toda la pinta de haber sido construido con el cuidado característico de mi madre: sus puntadas intrincadas y, de vez en cuando, con un arrebato de belleza sorprendente. El ave había intentado ponerse zapatos, como un hombre; sin embargo, sus patas terminaban en unas puntas con garras, las cuales habían perforado el cuero, por lo que arañaba el suelo con cada estruendo de sus pasos. Así pues, los zapatos también eran pura apariencia.

(Me percaté de que los zapatos eran de mi padre. O, bueno, le habían pertenecido cuando había estado vivo. Aunque tampoco es que tuviera ningún recuerdo de él con esos zapatos puestos. O con cualquier otro calzado, en realidad. Los únicos recuerdos que tenía de él eran de su habitación, cuando nos sentábamos durante horas a jugar a juegos de cartas que yo me había inventado y que tenían nombres como «¿Quién tiene la más alta?» o «Estas cartas están casadas, ¡mira qué monas!», juegos en los cuales él me dejaba ganar, siempre con una sonrisa. Solo tengo un recuerdo de él cuando yacía tendido en su lecho de muerte, aunque no pienso mucho en ello.)

La grulla extendió su ala no lastimada alrededor de mi madre. De inmediato, me di cuenta de cómo esa ala se deslizaba por su espalda y se acomodaba con confianza sobre su trasero. Debí haber hecho una mueca, porque mi madre no tardó nada en cruzarse de brazos y dedicarme una de sus miraditas.

—Pero qué maneras... —soltó, sin necesidad de terminar la oración.

Yo me encogí de hombros.

Michael no dijo nada.

—¿Se va a quedar? —quise saber, refiriéndome a si iba a cenar con nosotros.

—Pues claro que se va a quedar —contestó mi madre, refiriéndose a algo completamente diferente de lo cual no fui consciente hasta mucho después.

La grulla inclinó el pico en dirección a mi madre para hacerle unos arrumacos en el cuello. La punta afilada le hizo un corte diminuto en la hondonada detrás de su clavícula por el que salió una gotita de sangre brillante, pero ella no pareció notarlo. No obstante, él sí que lo hizo. O a mí me pareció que así fue, pues movió las plumas de un modo un tanto complacido. Volví a fruncir el ceño. Puse otro mantel individual en la mesa y le eché más agua a la sopa para que alcanzara para los cuatro antes de sacar otro cuenco de la alacena.

—¿Qué le ha pasado en el ala? —pregunté, haciendo un ademán con la barbilla en dirección al cabestrillo y la férula. La grulla dio un respingo al oírme mencionarlo.

—No me digas que no te acuerdas —soltó mi madre, mientras se entretenía pasando los dedos por el largo cuello de la grulla, sin mirarme ni un segundo.

Negué con la cabeza. ¿Cómo iba a acordarme? Decidí dejarlo pasar; mi madre vivía en su mundo, en ocasiones. Según dicen, así son los artistas.

—¿Y cómo se llama? —pregunté, más resignada que curiosa—. No es como si nos hubieses presentado. —Rebusqué en el cajón en busca de una cuchara extra, pues no quería mirar a ninguno de los dos. Y la verdad era que la respuesta me importaba más bien poco. No tenía intención de llamar a la grulla de ningún modo. No tardaría mucho en marcharse, fuera como fuese. Quizás para la mañana siguiente. Mi madre no se había quedado con nadie durante más de una semana, según recordaba, por lo que nunca me pareció útil aprenderme los nombres de aquellos que traía a casa.

Mi madre apartó las sillas, y las patas de estas arañaron el suelo de la cocina.

—Siéntate, cariño —le dijo a él y no a mí. Serví la sopa en los cuencos, mezclé una ensalada con ingredientes que había cultivado en el jardín y también la serví. Tenía la esperanza de que nadie se percatara de que el pan estaba duro. Mi madre se sentó en el regazo del pájaro, envolvió los brazos alrededor de su espalda y quedó oculta bajo el ala que no iba en cabestrillo. La sangre que le goteaba de la clavícula manchó las plumas grises del ave. Él graznó y soltó unos soniditos mientras paseaba el pico por los muslos de mi madre, cubiertos por sus tejanos, hasta que la tela empezó a deshilacharse.

Michael y yo nos pusimos a comer. Mi madre seguía sin responder mi pregunta. Mi hermano mantuvo la vista fija en la mesa y creo que no la alzó ni una sola vez.

Finalmente, mi madre dijo:

—Padre. —Con las manos apoyadas en ambos lados del rostro de la grulla y la mirada clavada en uno de sus ojos negros. Una vez más, no nos miró en absoluto—. Lo llamaréis Padre.

Más quisieras, pensé para mis adentros.

Y, pese a que sabía lo suficiente sobre pájaros como para saber que estos no tenían mucha expresividad facial, me fue imposible no ver la sonrisita lujuriosa y exultante que esbozó la grulla. Extendió las alas y se las acicaló con el pico. Me acabé la sopa a sorbos y me excusé para abandonar la mesa al decir que tenía deberes que hacer, lo cual era cierto, aunque no tenía ni la menor intención de ponerme con ello en realidad.

No tardará mucho en irse, me dije a mí misma. *De verdad*. Mi madre no era de las que se quedaba con las cosas, con excepción de Michael y yo misma. Así que la grulla no me preocupaba demasiado.

No sabía yo lo equivocada que estaba.

2

ás tarde aquella misma noche, volví a la cocina y vi que mi madre y la grulla se habían acomodado en el salón, entrelazados y despatarrados uno sobre otro en el borde del sofá. Ella le mostraba álbumes de fotos de Michael y yo cuando éramos pequeños y alardeaba de lo monos que éramos, como si a él fuese a importarle. Mientras yo lavaba los platos y limpiaba la cocina, ellos se murmuraron cosas al oído e intercambiaron cursilerías, sin posar la vista sobre mí ni una sola vez. Tras pasar un trapo por la encimera y fulminarlos con la mirada de forma deliberada, abandoné la estancia.

Ayudé a mi hermano con sus deberes de deletreo y luego le di un baño. Le leí un cuento, le puse el pijama y le di un beso de buenas noches. Normalmente, aquel sería el momento en el que mi madre estuviese en el telar de su estudio, terminando un proyecto para un nuevo cliente o encargándose de alguna de las otras tareas que hacía para mantenernos como podía. Solo que no hacía ninguna de esas cosas, sino que seguía en el sofá con la grulla, en un enredo de brazos, piernas y plumas. En un momento dado, echó la cabeza hacia atrás y soltó una carcajada.

—Supongo que no tienes pensado ir a echarle un vistazo a los animales, ¿verdad? —pregunté, con un tono ligeramente mordaz—. ¿Ni cerrar la reja? —Mi madre hizo como si no me hubiese oído—. Ni cualquier otra cosa, ya que estamos —murmuré por lo bajo, antes de ponerme el abrigo y salir dando pisotones, enfurruñada.

No creía que mi madre fuese a seguirme. Tenía la esperanza de que lo hiciera, pero no fue así.

La noche era oscura y estaba pintada de estrellas tan brillantes e intensas que dolía mirarlas. La granja que había al otro lado de la valla era de un negro profundo e interminable que solo se veía interrumpido de vez en cuando por una luz parpadeante. Aunque era demasiado tarde como para que hubiese algún tipo de actividad en el campo, la luz fría de los ojos de los drones de vigilancia atravesaba la oscuridad de los campos al otro lado del cerco eléctrico. Mantenían los terrenos a salvo de... pues ni idea de qué. La granja no le pertenecía a mi familia —al menos ya no—, de modo que no era de mi incumbencia. El padre de mi madre la había perdido cuando ella aún era pequeña, y nosotros solo nos habíamos quedado con la casa. Y con el granero. Además de con una vista a los campos interminables que no podíamos tocar, una extensión de tierra que en otras circunstancias podría haber sido nuestra.

No hacía demasiado frío, para ser que estábamos a finales de febrero. La temperatura había llegado bajo cero, aunque solo un poco. La hierba seca y los postes de la valla brillaban debido a la escarcha, y el viento parecía moverse con lentitud, con un frío húmedo. Cada año, la primavera llegaba antes. Y, según lo que decían algunos, el invierno no iba a tardar en desaparecer.

El estudio de mi madre ocupaba toda la segunda planta del viejo granero. La mayor parte de la planta baja la usábamos como almacén: para guardar cachivaches de cuando mi familia se encargaba de la granja, el primer telar de mi madre, materiales para sus proyectos y provisiones para hacer queso. Hacia un lado estaba el redil de las ovejas, las cuales se habían amontonado en un rincón y se rehusaban a moverse. Ni siquiera lo hicieron cuando llené sus bandejas con comida.

Algo las había espantado.

—A ver, tontorronas —les dije, con voz suave—. ¿Qué os ha asustado?

Las ovejas se me quedaron mirando con sus ojos grandes y salvajes. Solía ser mi madre quien les daba de comer y las ordeñaba y les acariciaba la cabeza hasta arrancarles suspiros. Les hablaba con suavidad y las tranquilizaba. Decía que era algo importante, que debía mantener un vínculo cercano con las ovejas, dado que era ella quien les robaba la lana dos veces al año; las sujetaba, con la rodilla apoyada contra el cuello para evitar que se retorcieran mientras ella usaba las tijeras para esquilar y pasaba por alto sus chillidos cuando les hacía un corte por accidente en la piel. Y, cuando nuestras antiguas ovejas ya no daban leche y su lana se volvía áspera y escasa e imposible de usar, las hacía acercarse para clavarles el cuchillo y las abrazaba con ternura mientras estas se desangraban. Lloraba al secar la carne, curtir el cuero y hervir los huesos para la sopa. Decía que era un pecado sacrificar a un animal al que antes no hubieses querido.

Y era cierto; sí que quería a sus ovejas. Y estas la querían a ella.

—Es algo muy triste esto del amor verdadero —me dijo mi madre una vez—. Las ovejas nunca dejan de quererme, y es por eso que puedo causarles dolor. El amor es el camino que ofrece menos resistencia, ¿entiendes? Cuesta muchísimo más trabajo hacerle daño a alguien que no confía en ti o que te tiene miedo. O que te odia. El amor hace que se abran las puertas y que puedan pasar toda una serie de horrores. Por eso no se apartan cuando me acerco a ellas con algo desagradable. —Hizo una pausa durante unos segundos para tomarme la mano entre las suyas y poner una expresión seria—. Con nosotros pasa lo mismo. Lo entenderás cuando seas mayor. Comprenderás que estás más a salvo alrededor de la gente en la que no confías y que te desagrada. Porque te mantendrás siempre en guardia, claro. Cuanto más quieres a alguien, más daño pueden hacerte. Cuanto más quieres a alguien, más dispuesta estás a dejar la garganta descubierta.

En aquel entonces, pensé que aquello era muy cierto. Pero he cambiado de parecer.

Trepé por encima de la valla, me metí en el redil y me arrodillé junto a las ovejas. Respiré cerca de ellas, les acaricié los carrillos y les di de comer desde las palmas de las manos. Les hablé con suavidad y gentileza, con palabras llenas de cariño. Como hacía mi madre. Y, poco a poco, empezaron a calmarse. La más vieja, una oveja llamada Nix, soltó un suspirito y se arrodilló cerca de mí antes de apoyar la barbilla sobre mi rodilla y quejarse un poco por el dolor de sus articulaciones. Últimamente nos había dado cada vez menos leche, y se le estaba cayendo la lana en algunas zonas. No le quedaba mucho tiempo. Le pasé un brazo por el cuello y noté su lana pegajosa debido a la grasa maloliente. Iba a necesitar darme un baño, eso seguro, pero no me importaba.

Intenté ralentizar la respiración, y, tras un rato, Nix hizo lo mismo, con lo que se relajó incluso más. Las demás ovejas no tardaron en seguir su ejemplo.

Tras varios intentos, por fin conseguí convencerlas a las tres para que se acercaran a sus comederos, y Nix dio un par de bocados cautelosos mientras las otras dos olisqueaban. Pese a que abrieron las fosas nasales, no dejaban de mirar de reojo en dirección a la casa. Justo habían empezado a masticar cuando la puerta corredera de atrás se abrió con un chirrido escandaloso. Mi madre y la grulla salieron dando trompicones hacia el jardín, como si estuviesen borrachos, por mucho que mi madre no bebiera alcohol. Ella tenía los brazos envueltos alrededor del cuerpo del ave mientras que el largo cuello de la grulla estaba inclinado sobre los hombros de ella. Mi madre dejó escapar una carcajada, y su voz se oyó por todo lo alto en aquella noche silenciosa. La grulla soltó un resoplido y una risotada como si fuese un hombre.

Las ovejas soltaron balidos y lamentos. Se apartaron de la comida y de la casa. Le dieron la espalda a mi madre, a pesar de que la querían. Dieron pisotones y se pusieron a temblar.

—Deja que te muestre lo que he hecho para ti, cariño —le dijo mi madre a la grulla—. Deja que te muestre todo su esplendor.

Las ovejas se removieron en sus sitios, temblorosas. Nix parecía fuera de control, y Beverly vomitó sobre el suelo. El viento gimió entre los campos vacíos. Las estrellas brillaban con intensidad en el cielo. Me quedé cerca de las ovejas para intentar silenciarlas con mi actitud tranquila. Para que se calmaran con mis respiraciones sosegadas.

—¿Qué mosca os ha picado? —les pregunté.

—*Beee* —contestó Nix, con los ojos como platos.

Me quedé observando cómo mi madre y la grulla entraban por la puerta en dirección al estudio y la cerraban a sus espaldas de un portazo que me hizo pegar un bote. Seguí oyendo la risa de mi madre, amortiguada, desde el interior de la habitación. Nix dio unos cuantos pisotones, y yo le rasqué el cuello con cariño.

—Ya —le dije a la oveja—. A mí tampoco me cae bien.

Les puse sus cobertores, les acaricié el morro y le di a cada una un beso de buenas noches.

3

Nuestra casa quedaba casi a las afueras del pueblo. Era la última de las haciendas antiguas, la única que el conglomerado no había demolido cuando compró nuestra granja y el resto de las granjas de la zona. Un cerco eléctrico separaba nuestro jardín de los campos de monocultivo que había al otro lado. El maíz clonado se extendía en todas direcciones y parecía llegar hasta el cielo. Durante el verano, los campos zumbaban y susurraban cada día: el canturreo de los drones; los susurros altos que emitía el maíz al crecer, aunque no lo pareciera. En ocasiones, el mundo entero parecía temblar y rugir con el sonido de los gigantescos motores de esos tractores que se conducen solos y de las cosechadoras a control remoto. Teníamos prohibido pisar esos campos; a los niños del pueblo que desobedecían esa norma los fotografiaban los drones de vigilancia del conglomerado, cada uno de ellos equipado con sistemas de reconocimiento facial de tecnología punta, y sus familias recibían unas cartas muy serias, primero con advertencias y luego con multas cuantiosas. Nuestro pueblo se encontraba justo donde los peñascos por los que no soplaba el viento descendían hacia las planicies de cieno glacial y antiquísimo y hacia las muchas hectáreas de tierras de cultivo fértiles y aplanadas, las cuales atendía de forma remota un chico llamado Horace, quien dirigía toda la operación desde una habitación llena de ordenadores y lectores (y quien todos los sábados bebía de más). Horace no era granjero, sino *técnico*. Ya nadie era granjero. Nadie tocaba la tierra. Nadie caminaba por entre las filas interminables de cultivos mientras las hojas de color verde oscuro susurraban cuando las rozaban con los dedos. Nadie tenía permiso para hacerlo: ni nosotros, ni los desconocidos, ni los animales. Ni siquiera los pájaros tenían permiso para eso. Todos los días, los drones se movían de un lado a otro, de un lado a otro, y protegían un mundo hecho exclusivamente para el maíz.

Hacía mucho tiempo, todos los que vivían en la zona eran granjeros o estaban casados con uno o hacían negocios con ellos o trabajan para alguno. Los niños del pueblo, como Michael y yo, éramos nietos o bisnietos de granjeros, y todo el esfuerzo de nuestras familias, así como su legado, se había vendido, perdido en apuestas o perdido a secas. En aquel momento ya nadie era dueño de aquellas tierras, salvo el conglomerado, solo que ellos no eran una persona, sin importar lo que dijera la ley. Los dueños del conglomerado eran —y siguen siendo— unos accionistas que viven muy pero que muy lejos. La mayoría de ellos ni siquiera ha visitado el lugar, y dudo mucho que lo vayan a hacer.

No lo digo para echarles la culpa. Al fin y al cabo, el mundo siempre cambia.

Nuestro hogar estaba torcido y era un peligro, del mismo modo que la mayoría de las haciendas solían estarlo en su momento, pues las habían construido a mano y les habían añadido plantas o extensiones un poco a lo loco, de acuerdo con lo que cada familia necesitara. No estoy segura de cuál de mis muchos bisabuelos fue quien construyó la estructura original, aunque sí sé que había una fotografía de mi abuelo cuando era pequeño, cargando con un cubo lleno de herramientas que le estaba llevando a su padre y a su abuelo mientras ellos construían la parte más nueva de la casa. Yo nunca conocí a mi abuelo. Ni tampoco a ninguno de los hombres que vinieron antes que él. Sin embargo, sí que los he visto: había una larga línea de fotografías en cuadros de hombres de rostro serio que miraban desde la pared del pasillo que había al fondo de la casa, el que conducía hacia el ático. Si dependía de mí, evitaba ese pasillo a toda costa. Los granjeros de mi familia no eran... hombres felices.

Cuando era pequeña, mi madre solía decirme que su padre era un hombre duro que provenía de una larga línea de hombres duros. Cuando me lo decía, su expresión se volvía distante, imposible de leer, y sus mejillas, las cuales solían ser tersas y sonrojadas al estar llenas de vida y una chispa de amor y creatividad, se volvían mustias y flácidas. Aquello era un fenómeno temporal, y durante mucho tiempo me convencí a mí misma de que era solo un producto de mi imaginación. Mi madre, en todos los aspectos de su vida, era una persona hambrienta, llena de curiosidad y entusiasmo. Un torbellino de energía, movimiento y manos a la obra. La falta de vitalidad que se apoderaba de su rostro de tanto en tanto parecía tan antinatural, tan poco plausible, que me resultaba sencillo decirme a mí misma que era algo que no había sucedido en absoluto.

—Pero ¿por qué el abuelo era un hombre duro? —le pregunté una vez—. ¿Cómo se volvió así? —Creo que tenía nueve años. Estaba acompañándola en su estudio mientras ella hacía bosquejo tras bosquejo de un nuevo tapiz que no tardaría demasiado en cobrar forma en su telar. Cuando terminaba, alzaba cada dibujo hacia la luz durante unos segundos, entrecerraba los ojos para ver los detalles y luego lo arrugaba entre sus manos antes de lanzarlo hacia el suelo. Entonces empezaba otro, y otro más, y su mal humor la envolvía entera como si de un velo se tratase. Fui consciente de que los dibujos que hacía la estaban molestando, y darme cuenta de ello me hizo sentirme incómoda por razones que no sabía procesar ni poner en palabras. Lo único que sabía era que no me gustaba ver a mi madre fruncir tanto el ceño.

Tenía un rinconcito muy cómodo que mi madre había montado con cojines y mantas y una moqueta suavecita. También me hizo un estante para mis libros. Me apoyaba en un cojín lleno de flores y pajarillos de colores brillantes que mi madre había bordado o tejido con mucho cuidado, todo ello organizado en una cacofonía delicada de texturas y tonos variopintos. Intentaba leer mi libro con una mano mientras resolvía mi cubo de Rubik con la otra al mismo tiempo. Y no conseguía hacer ninguna de las dos cosas demasiado bien.

No sé por qué se me ocurrió preguntárselo. Quizás debido a un sueño perturbador que había tenido la noche anterior. O alguna frase que de pronto despertó mi curiosidad. En aquel momento, justo cuando se lo pregunté, vi que mi madre tensaba los hombros. Giró el rostro para no mirarme y me mostró la larga curva de su delicado cuello.

Michael, según recuerdo, era un bebé y dormía a pierna suelta en su cunita en un rincón. De vez en cuando, soltaba un gruñido o un suspiro entre sueños. Mi padre seguía vivo por aquel entonces, aunque no le quedaba mucho. Su habitación estaba llena de máquinas que zumbaban y le monitorizaban la respiración, unas más que le proporcionaban oxígeno y otras, medicinas. Una enfermera de cuidados paliativos nos visitaba cada mañana para atenderlo y ver cómo nos encontrábamos nosotros. Mi madre se negó a aprenderse el nombre de la mujer.

Había tres fotos de mi abuelo en casa: una de él cuando era niño, colgada en el baño; la foto de su boda colgada en el salón, la cual lo mostraba a él de pie y sin sonreír junto a una muchachita preciosa a la que le doblaba la edad; y la tercera se encontraba en el pasillo del fondo, junto a la larga línea de hombres que vivieron antes que él. En la foto del pasillo no era más que una silueta, engullido por las colinas de la granja y el cielo implacable. Incluso entonces, por diminuta que pareciera su figura, tenía una postura rígida. Hombros tensos. Manos apretadas en puños. No me gustaba mirarla.

El único hombre que conocía de verdad en aquel entonces (y quizás en toda mi vida) era mi padre, alguien amable y delicado. Y su enfermedad lo volvió incluso más delicado. No hubo necesidad de que me explicaran eso, pues fue muy obvio. Todo lo que concernía a mi padre era suave: desde su voz hasta la textura de sus manos, pasando por el modo en que pronunciaba las palabras. Incluso años después, mis recuerdos de él son delicados, como una pestaña posada sobre una mejilla o un filamento diminuto de un algodonero que reposa un instante sobre la piel.

Mi madre decía que su padre era un hombre duro, pero la verdad era que no conseguía entender a qué se refería. De modo que se lo pregunté. Esperé a que me lo explicara. Esperé muchísimo tiempo.

Y, al final, se encogió de hombros.

—Decían que la agricultura hacía que los hombres se volvieran duros, por aquel entonces en el que la gente era granjera. Aunque quizás no sea cierto. Quizás nunca lo fue. Mi padre era duro cuando trabajaba en la granja, pero también cuando la perdió y probablemente también lo habría sido si hubiese tenido cualquier otro tipo de vida. Odiaba ser granjero hasta que el banco le arrebató la granja, y entonces la echó muchísimo de menos. Se dio a la bebida. Y a los arranques de ira. Luchó para recuperarla hasta que no pudo hacerlo más, y entonces peleó con todos los demás. Incluso conmigo. Conmigo más que con nadie.

Me quedé callada durante algunos segundos. Aquella no era la respuesta que había estado esperando. Como he dicho, solo tenía nueve años. La cuestión era que mi madre solía hablarme como si fuese alguien de su edad en lugar de una niña y esperaba que comprendiera cosas para las que aún ni siquiera tenía contexto. En aquel entonces no la resentía por ello. En su lugar, me limité a cambiar de tema.

—Papi es blando —le dije, porque era cierto. Era lo que más me gustaba de él. Llevaba semanas sin salir de la cama, y, según resultó, no iba a volver a hacerlo nunca más, solo que yo no lo sabía en aquel momento. E, incluso si lo hubiese hecho, no estoy segura de que hubiese cambiado cómo veía el mundo en aquel entonces. Lo único que sabía era que me encantaba pasar tiempo con él, acurrucada en mantas que mi madre había tejido y rodeada de almohadas. Me encantaba el aroma a sal que tenía, como empapado de agua de mar, el modo en el que las yemas de sus dedos se arrugaban como si hubiese pasado el día entero sumergido. Adoraba los mechoncitos de pelo que se le caían sobre la almohada, el modo en que su piel frágil colgaba de su cuerpo como las cortinas de algodón en una brisa de verano.

—Supongo que sí —dijo ella, antes de mirarse las manos—. Muy blando.

Se quedó callada durante un rato, y yo me limité a observarle el rostro. Su falta de expresión.

—En las granjas —empezó a decir, en voz baja—, las madres alzan el vuelo como las aves migratorias. Y los padres mueren muy jóvenes. Es por eso que los granjeros tienen hijas. Para que estas hagan que las cosas sigan funcionando hasta que nos llega el momento de desplegar las alas. De irnos volando hacia el cielo infinito.

Me puse de pie. Mi madre se enderezó en su silla y puso la espalda recta, con su largo cuello estirado en todo su esplendor en dirección a la ventana, mientras esbozaba una sonrisa leve hacia el cielo. Tenía una expresión nostálgica, y aquello me molestó. Entonces se cubrió la boca con una mano, y yo me acerqué a su escritorio para ver lo que estaba dibujando. Tenía varias versiones de la misma idea: una mujer de pie en medio de un campo y con la vista hacia arriba. Sostenía la mano de una niña por un lado mientras cargaba a un bebé en la curva de su otro brazo. Estaba de pie sobre lo que parecía ser una pila de hojas, aunque, al mirarla más de cerca, vi que eran plumas. En el rostro de la mujer, mi madre había dibujado dos equis en el lugar en el que tendrían que haber estado los ojos. Con un ligero escalofrío, aparté la mirada.

—Pero tú no te irás, mamá —le dije—. Tú no te irás volando. —Me embargó una sensación extraña y desagradable que no supe identificar. Como si la piel se me hubiese tensado demasiado y el aire se me hubiese esfumado de los pulmones. Como si mil espinas diminutas se me hubiesen clavado en los músculos de pronto. Me costó tragar—. Tú no nos dejarías, ¿verdad? Porque tienes que cuidar de nosotros. Y de papi. Y, de todos modos, ya no tenemos ninguna granja. No es nuestra. Está al otro lado del cerco malvado y le pertenece a otra persona. Así que ¿por qué te marcharías?

Su expresión se volvió torturada, y no entendí por qué. Devolvió su atención a sus dibujos.

—Supongo que tienes razón —dijo, sin alzar la mirada—. Ya no hay ninguna granja. —Y entonces se puso a dibujar de nuevo.

Después de eso, me dieron pesadillas. Soñé que mi madre estaba de pie en medio de los campos sin fin que había más allá de nuestro jardín, donde nadie podía ir, y que unas alas surgían de su espalda ensangrentada, que las plumas le perforaban la piel y se abrían paso desde dentro. Que abría la boca, con forma de pico, para soltar un grito al principio, luego un suspiro, y, por último, un chillido entusiasmado según batía las alas y alzaba el vuelo.

Mi padre murió un mes después de eso. Y a mí me dio pánico quedarme sola.

4

La noche en la que la grulla llegó a casa, Michael fue a mi habitación mucho después de que lo hubiese metido en la cama.

Aunque yo también tendría que haber estado durmiendo, en su lugar, me encontraba sentada a mi escritorio haciendo dibujos de mi padre, como siempre. Lo dibujaba sentado a la mesa a la hora de la cena o cavando en el jardín o subiéndose a un árbol. Había dibujos de mi padre arreglando una valla o conduciendo un camión o llevando a Michael en los hombros o haciendo cualquiera de las muchísimas cosas que yo nunca lo había visto hacer en vida. Tenía cajas enteras de esos dibujos, y nunca se los mostraba a mi madre.

Michael abrió la puerta con cuidado y la empujó para cerrarla en el más absoluto silencio. No sé cuánto tiempo se quedó allí, mirándome sin más, pero, cuando me giré para estirarme un poco, me pegó tal susto que estuve a punto de caerme de la silla.

—Shhh —me dijo Michael.

—¿Se puede saber qué haces despierto? —le pregunté, antes de mirar el reloj. Era la una de la madrugada. El cabecero de la habitación de mi madre retumbaba al golpear contra la pared, y contuve un escalofrío.

Michael no tendría que estar oyendo estas cosas, pensé, e intenté regañarlo para que volviera a la cama.

—¿Y por qué estás en mi habitación? —exigí saber.

—Es que pasa algo —dijo él, con sus enormes ojos marrones llenos de lágrimas.

—No pasa nada —le dije—. Todo va bien. Es que mamá... —Intenté buscar una explicación que pudiese guardar algún sentido para un niño de seis años. Fruncí el ceño y lo volví a intentar—. Mamá trae... a sus amigos cercanos a veces. Aunque no mucho tiempo. Son amigos un rato. No tienen que caerte bien porque luego van y se buscan... otros amigos. Después de un tiempo. —Se me daba de pena: notaba las mejillas rojas y calientes, y me tembló un poco la voz cuando continué—: Ya sabes, lo normal. Se buscan nuevos amigos después. A veces los amigos hacen eso.

Michael meneó la cabeza y echó un vistazo en dirección al pasillo. Mi madre dejó escapar un gemido bajo. Y la grulla soltó un gruñido que sonó muy similar al de un humano. *Pero qué asco*, pensé.

—Le está haciendo daño —dijo mi hermano, entre hipidos suaves.

Negué con la cabeza, pues me moría de ganas de darle un buen sopapo a mi madre. Pese a que no solía ser demasiado discreta cuando tenía un nuevo compañero de cama, en aquella ocasión se estaba pasando más de la cuenta. Tenía quince años, por el amor de Dios. No tendría que estarle explicando el concepto del sexo sin ataduras a mi hermanito menor. Eso le correspondía a ella.

Me arrodillé al lado de Michael y le di un abrazo fuerte.

—Mira —empecé—, lo entiendo. Esto puede ser muy confuso. Pero te prometo que mamá es la mejor de las mejores cuando se trata de cuidarse a sí misma. Nadie le está haciendo daño a nadie. Lo que pasa es que… —Oímos otro gruñido entusiasta que provenía de la habitación de mi madre. Sonrojada y furiosa, cerré la puerta de mi habitación por completo—. ¿Sabes qué, pequeñajo? No te preocupes. ¿Quieres dormir esta noche en mi habitación? Haremos una fiesta de pijamas, será divertido. —Y aquello fue lo que hicimos, con Michael acurrucado en la curva de mi cuerpo como si fuese una perlita diminuta en el interior de una ostra.

Aquella noche soñé que Michael era un pez en un estanque y nadaba desesperado para intentar huir de los ataques incesantes de un pico afilado como una navaja. Al final, no tuvo dónde esconderse y la punta del pico lo alcanzó en la curva pequeñita del estómago. Me desperté conteniendo un grito.

—Me estás apretando mucho —se quejó mi hermano, medio dormido. Tenía razón. Lo había aferrado con los brazos como una boa constrictor.

—Perdona, pequeñajo —le dije, soltándolo. Ambos estábamos empapados por el sudor, aunque seguramente era el mío. Y el corazón me iba a mil por hora—. Volvamos a dormir —añadí, a media voz.

Él lo hizo, pero yo no. No quería volver a soñar lo mismo. En cuestión de segundos, Michael se puso a roncar, y yo me levanté para ir hacia la ventana y tratar de calmarme un poco. Apreté la frente contra el cristal y entorné los ojos. Había un hombre fuera, desnudo, paseándose a hurtadillas por el borde del estanque, entre las sombras y pisando la hierba casi congelada con los pies descalzos. *Ay, no, otro más*, pensé con cinismo y meneando la cabeza. *¿Es que no ha oído hablar de la hipotermia?* Llevaba el brazo en un cabestrillo, y la luna brillaba sobre su piel desnuda. Se arrodilló en el borde del estanque, extendió las manos hasta romper la frágil capa del hielo nuevo y las sumergió en el agua helada para luego empezar a moverlas por doquier, como si estuviese buscando algo en el fondo lleno de barro. Parpadeé y le eché un vistazo a mi reloj, justo cuando cambiaba de las 02:59 a las 3:00 a. m. Cuando volví a observar la figura en el jardín, esta había dejado de ser un hombre. En su lugar, se encontraba la grulla. Meneé la cabeza para intentar despejarme las ideas y volví a mirar. No cabía duda de que era la grulla, que volvía a meter el pico en el agua y lanzaba algo pequeño en dirección a su garganta. Una rana, quizás. O un pececito muy pequeño. Me estremecí.

Era muy tarde como para pensar con claridad. Me aparté de la ventana y me llevé las manos al rostro, para intentar poner los pies en la tierra. Me oí a mí misma respirar durante algunos segundos.

—No tardará mucho en irse —susurré, como si decirlo en voz alta fuese a hacer que sucediera más rápido. Luego me volví a meter a la cama junto a Michael.

5

El pueblo en el que crecí es uno de esos lugares del Medio Oeste de Estados Unidos que tiene la misma apariencia que tenía hacía cien años, y no porque alguien se hubiese esforzado para que así fuera, sino porque no había habido razón alguna para cambiar o evolucionar. En su lugar, desde el momento de su fundación, se había quedado completamente quieto en su sitio, como una mariposa pegada a un tablón a la cual se deja tanto tiempo bajo un cristal que al final termina siendo un cascarón descolorido y polvo que se deshace. Había dos tabernas que atendían a los turistas que llegaban cada primavera para admirar las flores que adornaban nuestros manzanos silvestres, así como los cerezos y los ciruelos, y que volvían cada otoño para presentar sus respetos a los antiquísimos arces y robles, con sus demostraciones anuales llenas de colores vivos. Contemplaban los escaparates llenos de encanto y el pintoresco cenador que había en la adorable plaza del pueblo, y nunca se percataban de la pintura que se descascaraba ni de los tejados que se hundían ni de los ladrillos que faltaban en las aceras. Conducían a demasiada velocidad por las carreteras serpenteantes de los peñascos. Una vez al año, los ejecutivos trajeados del conglomerado de agricultura descendían sobre el pueblo y se alojaban en las tabernas mientras llevaban a cabo sus reuniones de liderazgo y contemplaban los campos de monocultivos por las ventanas y pretendían que aún tenían algún tipo de conexión con aquellas tierras. Se imaginaban con monos y botas de trabajo y con sombreros de ala ancha. Imaginaban que tenían la nuca sonrojada por el sol y tierra bajo las uñas y que oían los graznidos de los cuervos que volaban en círculos sobre los campos. Y luego se atiborraban de cervezas y quesos producidos en la zona y esperaban a que les sirvieran unos platos elaborados de alimentos supuestamente cosechados en jardines ecológicos, aunque la verdad era que la mayoría de ellos los traían de invernaderos que había en la ciudad. Y lo mismo pasaba con la mayoría de la cerveza.

Había muchísimos ejecutivos en dichas reuniones, todos con zapatos brillantes y presentaciones de diapositivas y carcajadas escandalosas. Y comían como si no hubiese mañana. Era muy bueno para los negocios del pueblo eso de que unos desconocidos ricos los visitaran con regularidad. Se morían de ganas de probar experiencias auténticas y trascendentes. Y mi madre estaba más que dispuesta a proporcionar lo que necesitaran.

Por aquel entonces, mi madre era conocida por muchas cosas. En primer lugar, por su arte. Tejía unos tapices a base de fibras y materiales que encontraba por ahí (además de con la lana de nuestras tres ovejas) y construía unas imágenes e historias multidimensionales y extravagantes a base de puntadas. Sus tapices eran algo monumental y también hermoso, incluso yo podía reconocerlo. Montones de coleccionistas de arte llegaban desde muchos sitios para admirar sus obras. Y, cada vez, se quedaban de pie, pegados al suelo y con la boca abierta, antes de llevarse las manos al corazón. Una vez, vi a una mujer ponerse a cantar de repente. Otra, un hombre sacó su móvil y se puso a disculparse con cada persona a la que alguna vez hubiese lastimado, incluso con mi madre, por los pecados en los que había pensado y que aún no había cometido. Lo normal era que viese a coleccionistas de arte caer de rodillas y echarse a llorar. Pero mi madre no dejaba que nada de eso supusiese un problema: siempre encontraba modos de hacer que sus admiradores se sintieran mejor, en el estudio que tenía en el ático del viejo granero. En ocasiones tardaba horas en hacerlos sentir mejor, aunque yo nunca le preguntaba al respecto.

También era famosa por su queso, el cual vendía a establecimientos del pueblo, así como en su puesto en el mercado ecológico y en ocasiones también a comerciantes de la ciudad. Hacía unas tandas pequeñas de unas recetas que guardaba con mucho recelo y nunca se animaba a hacer más. Vender queso era un trabajillo extra que ayudaba a poner comida en la mesa entre venta y venta de sus proyectos de arte. Decía que su queso era un producto de proximidad y los etiquetaba con una pegatina que decía «Producto km 0», aunque la verdad era que no quedaban muchos ganaderos que comercializaran con productos lácteos en el condado —una especie en extinción, como se suele decir—, y estoy segura de que ahora todos han desaparecido. Por ello, compraba la leche al por mayor de unos comerciantes en Canadá, California, México o incluso China, la cual llegaba en unos barriles llenos de líquido, y procedía a enriquecerla con leche en polvo y a mejorarla con la leche de nuestras ovejas. Solía incordiarla por lo poco ético de aquellas prácticas, pero nunca me hizo caso.

—¿A quién le importa que la leche no sea cien por ciento de proximidad? —me dijo entonces—. Yo llevo cinco generaciones aquí. Eso es lo bastante próximo para cualquiera que pregunte. Lo único que le importa a la gente es que se haya producido en un granero. O cerca de un granero. No sé por qué eso es lo importante, pero lo es. —Y no había nada más que decir al respecto, de modo que la seguí ayudando a prensar el requesón.

Mi madre también era conocida por cuidar de animales callejeros: perros, gatos, ratoneros de cola roja, zorritos del desierto, conejos, cabras extraviadas e incluso, de vez en cuando, un hurón bastante perdido. Una vez, encontró a un precioso faisán multicolor y gravemente herido, el cual se alojó en el cobijo de su regazo, se maravilló con su aroma y se hizo un ovillo entre sus brazos. Mi madre hizo todo lo que pudo para que el faisán estuviese cómodo: le curó las heridas, le dio comida de la buena para que se entretuviera masticando y dejó que el ave le apoyara la cabeza en el pecho.

El faisán permaneció tres días entre los brazos de mi madre antes de morir, tras lo cual ella lo llevó al exterior, le quitó las plumas y las tripas y lo horneó junto a unas cebollas. Era la hija de un granjero, al fin y al cabo, por lo que llevaba la practicidad en las venas. Y bueno, el pájaro estuvo buenísimo.

Sus amantes también eran callejeros. Un herrero que vivía dos condados más allá, despedido por beber durante horas laborales, y que estaba a la espera de que su colega llegara al pueblo para que ambos pudiesen irse a buscar trabajo en dirección oeste. Un soprano estridente que cantaba en una de las tabernas durante la temporada de turistas. Un artista callejero al que le habían tomado el pelo al contarle sobre el interés y la generosidad de los turistas durante el verano. Un sintecho —literal— que tenía un tatuaje por cada pueblo en el que había pasado la noche al raso (y la tinta lo cubría de pies a cabeza). El chef mujeriego de uno de los restaurantes del pueblo al que su mujer había echado de casa. Mi madre recibía a hombres, mujeres y aquellos que habían trascendido aquellas categorías por completo y se deleitaba con todos por igual.

Aunque ninguno se quedaba.

Desde que mi padre había muerto, mi madre no era de las que sentaban cabeza. Ya no. O eso creía yo.

Antes de que llegara la grulla, un hombre había aparecido en nuestro hogar, de forma muy breve. Era muy tarde —casi medianoche, si mal no recuerdo, o quizás de madrugada—, por lo que Michael estaba dormido. Mi madre y yo habíamos salido para contemplar las cuadrántidas, y a pesar de que era enero, hacía más calor de lo normal. El mundo entero tenía calor. Las heladas intensas y los campos de nieve sin fin que mi madre recordaba de su juventud habían dado paso a unos inviernos que oscilaban entre una humedad templada e incómoda y un frío cortante.

Aquel enero en particular estuvo compuesto de unas tristes lloviznas y vientos durante del día y unas noches que eran lo bastante frías para endurecer el barro, por lo que cada noche se formaban nuevos cristales de hielo que se extendían por el jardín como si de estrellas se trataran. Llevábamos jersey y gorro de lana y nuestro aliento perduraba frente a nosotras, como si fuese un fantasma. Acabábamos de echarnos la manta por encima cuando oímos los quejidos de un hombre en la oscuridad.

—Quédate aquí —me dijo mi madre al levantarse, con voz tensa y cautelosa, pero no le hice caso. La seguí conforme ella seguía la voz. Encontramos a un hombre tirado en el redil de las ovejas, herido y lamentándose. Tenía unos cortes profundos en los hombros y en el muslo izquierdo y moretones que le cubrían prácticamente cada centímetro del cuerpo. El brazo que tenía hinchado tenía un bulto en el lugar en el que el hueso se le había partido. Y estaba en pelota picada.

El frío no parecía afectarle. De hecho, no parecía notarlo en absoluto.

—Bueno —soltó, echándose un vistazo a sí mismo mientras una sonrisita se colaba en su máscara de dolor—. Qué vergüenza que me encontréis así. —Sin embargo, no hizo ningún ademán para cubrirse.

Mi madre no pareció afectarse.

—Cariño —me llamó, sin girarse un ápice en mi dirección—, ve a por la manta —dijo, y no apartó la vista del hombre en ningún momento.

La sonrisa inocente del desconocido dejaba ver un par de agujeros sangrientos, donde antes había tenido dientes. Había unas cuantas plumas desperdigadas por su cuerpo, otras a la deriva en el jardín y una pila entera en el redil. Las ovejas estaban todo lo lejos de ellas que podían.

Mi madre no les prestó atención a las plumas.

—Pero ¿qué te ha pasado? —le preguntó al hombre, y este se encogió de hombros.

—Ha sido culpa mía, la verdad. He tenido un encontronazo con uno de esos puñeteros drones que hay en la granja de allí. Serán malvados. Y groseros. Aunque supongo que me lo tengo merecido por acercarme demasiado a esos campos. Tendría que habérmelo pensado mejor.

Fruncí el ceño. Los drones volaban. Su objetivo —además de espantar intrusos con sus ojos electrónicos y sus sistemas de reconocimiento facial— era mantener alejados a los cuervos del maíz y enviar alertas cuando detectaban que a los topos se les había metido en la cabeza que debían ponerse a cavar. Sin embargo, se mantenían muy por encima de la cabeza de una persona, era una de sus reglas. De modo que no podría haber estado hablando de uno de los drones de las granjas, ¿verdad? Quizás se refería a los tractores que se conducían solos. Aunque no era época para que estuviesen en funcionamiento. Me crucé de brazos y dejé que mi escepticismo fuese evidente en mi expresión.

Mi madre tuvo la reacción opuesta.

—¡Ay, no! ¡Pobrecito! —exclamó, antes de ayudarlo a ponerse de pie, envolverlo con la manta y dejarlo que se apoyara sobre ella para poder conducirlo hacia la casa. Los seguí y me percaté del caminito de plumas que dejó a su paso. Quién sabía de dónde provenían.

Dentro de casa, mi madre, como buena costurera que era, esterilizó las agujas y le cosió las heridas. Al haber crecido en una granja (y con un padre alcohólico), sabía lo que hacía falta para tener la precisión justa al momento de coser la piel, así como el modo correcto de recolocar un hueso. Le dio un vaso grande de whiskey y le dijo que cerrara los ojos y se relajara. Él enterró el rostro en el abdomen de mi madre, envolvió el brazo que no tenía herido alrededor de sus caderas y se aferró con fuerza. Ella lo sujetó de la muñeca, le colocó bien el bíceps y dio un tirón, rápido y certero. El hueso soltó un chasquido seco al colocarse en su sitio, y él aulló de dolor y alivio antes de echarse a llorar contra su blusa. Tras ello, mi madre fue a la carpintería que teníamos en el sótano a por un par de tablas que pudiese usar como cabestrillo. Mientras le vendaba la herida del brazo, le cantó y le sirvió otro whiskey.

Había algo indomable en él: una mirada salvaje. Observaba a mi madre como si fuese un trozo de comida y él llevase años sin probar bocado.

Aquella noche, demostró su gratitud hacia mi madre en su habitación. La casa entera tembló. Yo me puse los cascos y escuché programas extranjeros en la vieja radio de mi padre, en un intento por recordar que había un mundo más allá del jardín de mi madre.

Por aquel entonces teníamos cinco animales callejeros viviendo en casa: dos gatos, una tórtola en proceso de recuperación y una pareja de patos en su nido. Esa noche, todos desaparecieron. Aquello no era del todo inusual, pues los animales callejeros suelen ir y venir a su aire, al fin y al cabo. Solo que aquellos nunca volvieron. Ninguno de ellos. Ni siquiera cuando les dejé comida en las escaleras de la entrada y una ventana abierta para que pudieran volver al interior de la casa. Nunca había visto que nuestros visitantes animales se comportaran de ese modo.

A la mañana siguiente, la casa estaba llena de plumas y no había ni rastro del hombre. No era la primera vez que uno de los visitantes de mi madre se marchaba antes del amanecer. Ella solía continuar con su día como si nada, aún sonrojada por lo movidita que había sido su noche, aunque concentrada en el trabajo que tenía pendiente. No obstante, aquella vez fue diferente. Estaba llorosa y callada. Se quedó de pie en la ventana, con los dedos enredados en un trozo de hilo que convirtió en pequeñas figuritas hechas de nudos. Un hombre hecho a base de nudos. Una mujer hecha a base de nudos. Un suspiro se le escapó desde el fondo de la garganta, y mantuvo la vista clavada en el cielo. Yo preparé el desayuno y lavé los platos. Intenté hacer que comiera algo, pero no hubo suerte. En silencio, barrió las plumas hasta meterlas en una bolsa y se la llevó hacia el granero y luego a su estudio. Aquel día no volvió a salir de allí. Ni el siguiente. Ni tampoco el siguiente.

Durante un mes entero, mi madre se dedicó a su arte de sol a sol, una y otra vez. No creo que pegara ojo ni un momento. Le llevé comida e intenté convencerla para que volviera a casa y se diera una ducha. En su lugar, ella dio puntada tras puntada hasta formar una historia que no conseguí comprender, pues las imágenes eran demasiado difusas, demasiado desordenadas. Tiraba de los hilos y los ataba de nuevo. Yo no entendía ni jota.

—Es… muy bonito, mamá —le dije, mientras le daba un masaje en los hombros—. Aunque la verdad es que no sé de qué va.

Mi madre se quedó mirando su tapiz, sin dejar de musitar unas palabras que no era capaz de oír, algo que solía hacer cuando trabajaba.

—No pasa nada si no lo entiendes —me dijo—. Algún día lo harás.

—¿Vas a volver a casa? Tienes que dormir, mamá. Y no te lo tomes a mal, pero de verdad hueles muy mal. Creo que ha llegado el momento de que te des una ducha.

Me dedicó una sonrisa.

—Solo un poquitito más, cariño —dijo ella—. Hay algo aquí dentro. Algo que quiere *cobrar forma*. Solo que aún no consigo encontrarlo.

Cuatro días después de aquella conversación, la oímos chillar de alegría en el granero. Yo estaba preparando la sopa. Michael estaba sentado a la mesa. Intercambiamos una mirada y sonreímos. Mamá iba a ir a cenar con nosotros. Por fin. Y luego dormiría en su propia cama. Preparé la mesa para tres personas y esperé con atención a que llegara, a que todo volviera a la normalidad y que el mundo volviese a ser como era.

La puerta se abrió, y yo contuve el aliento.

Y, cuando mi madre entró en casa, trajo consigo a la grulla.

6

A la mañana siguiente, vi a mi madre a la hora del desayuno, lo cual era de lo más extraño, pues normalmente dormía hasta casi el mediodía. Y lo que era más extraño aún era la sangre que teñía la parte de atrás de su camiseta.

—¿Qué te ha pasado? —le pregunté, y ella se encogió de hombros.

—A veces una se hace un arañazo o dos. —Su mirada se dirigió hacia la ventana, donde se iluminó al ver a la grulla paseándose por la hierba, y sonrió.

Meneé la cabeza y me quedé mirando a mi madre durante un largo rato. Estaba muy pálida, tenía que comer más. Entrelazó las manos, y vi que tenía que limpiarse los cortes que tenía en ellas. Necesitaría vendas, pero no parecía prestarle atención a nada de eso, pues su vista seguía clavada en la ventana y su rostro estaba lleno de ilusión.

Michael entró en la cocina dando fuertes pisotones, con las manos en puños a la altura de las caderas.

—¿Quién ha puesto todas esas plumas en mi habitación? —exigió saber.

Ninguna de las dos supo responderle.

—Hay plumas por todos lados —refunfuñó, enfadado, aunque mi madre no le respondió. En lugar de eso, llevó una mano a la mejilla de mi hermano y le acarició las sienes y el cabello con los dedos, distraída, mientras mantenía su atención clavada en otro lado. Michael le echó un vistazo al reloj—. ¿Se nos ha hecho tarde?

—No —mentí. Se nos había pasado la hora hacía un buen rato, y se hacía cada vez más tarde con cada minuto que pasaba. Solíamos ir a clase en bici; yo siempre iba ligeramente por detrás de él y con el cuerpo inclinado en dirección a la carretera, de modo que pudiese lanzarme frente a cualquier coche que se acercara demasiado. Sin embargo, a Michael le habían robado la bici en la escuela (seguramente algún chatarrero, pues no solo se había llevado la bici, sino la cadena, el candado y parte del soporte de las bicis en sí), y la mía había dejado de funcionar (los cambios de velocidades eran más óxido que metal), de modo que íbamos a tener que ir andando. Y Michael caminaba muy despacio. Incluso si lo arrastraba todo el camino, estaba segura de que iba a llegar tarde. Y yo... bueno, yo no sabía muy bien si iba a llegar al instituto o no.

Michael buscó una escoba y se fue dando pisotones a su habitación para limpiarla.

Volví mi atención a mi madre. Tenía, dentro de las que podía contar, al menos seis heridas en la espalda. Sin decir nada, me dirigí a la alacena medio vacía que había cerca de la nevera —la cual también estaba casi vacía— y agarré el botiquín.

—A ver —dije, poniendo un poco de hamamelis en un trozo de tela. Mi madre hizo una mueca antes de tiempo.

—No hace falta —me dijo.

—Claro que sí —repuse—. ¿Recuerdas esa infección que te dio el año pasado? Si no podemos permitirnos pagar un seguro, mucho menos una visita al hospital. ¿Has hecho algún ingreso en la cuenta bancaria últimamente?

—No es de buena educación hablar de dinero —murmuró mi madre por lo bajo.

—¿Ah, sí? —inquirí—. Mira tú, eso no es lo que dicen cuando nos toca pagar en la tienda.

Ella me dio la espalda, para evitar mi mirada, y se levantó la parte de atrás de la camiseta para que pudiera limpiarle las heridas. Cuando me acerqué, vi que tenía moretones en la nuca, ocho óvalos pequeños, cuatro en cada lado, como si fuesen huellas dactilares. También tenía una marca cerca de la barbilla que había conseguido cubrir con un poco de maquillaje. No dije nada sobre los moretones, pues sabía que no debía hacerlo. Entendía sin que nadie tuviese que decírmelo que, de vez en cuando, cuando uno de sus amantes hacía acto de presencia, era de esperar un moretón o dos. No obstante, los cortes no eran algo normal. Nunca había visto que se hiciera ese tipo de heridas. Cuando le puse el antiséptico, soltó un siseo.

—Ya —dije—. Este de aquí es profundo.

—Cosas de la vida —dijo ella.

—No lo creo, mamá —repuse, aunque ella no me contestó, sino que volvió su atención a la ventana, para seguir a la grulla con la mirada. Se llevó las puntas de dos dedos a los labios y dejó un beso sobre ellos.

Puse los ojos en blanco.

—¿Qué carajos ves en él? —le pregunté.

Mi madre no volvió a mirarme, pues seguía contemplando a la grulla. Apartó la mano del rostro y se la llevó al corazón.

—Absolutamente todo —contestó, con un suspiro.

7

Los tapices de mi madre contenían montones de cosas. Su modo de reunir materiales era tan desordenado y fortuito como la forma en la que vivía el resto de su vida. Compraba ropa de segunda mano al por mayor y deshacía los hilos y tejidos varios en grandes pilas para luego colocarlas en su telar. En ocasiones también incluía plantas del pantano o hilos de gasa de sauce blanco. Cordones de zapatos. Cables de una lámpara rota. Retales de mantas viejas que había en el ático. Unos monos de trabajo antiquísimos que había en el sótano. Fibra de carbono de un dron extraviado que se había vuelto loco y se había estrellado en nuestro granero. Cables oxidados y muelles viejos de algunas herramientas de agricultura olvidadas. El esqueleto de un pez o de un zorro o los restos de un pajarillo. Todas y cada una de las cosas se entretejían en la historia.

Mi madre nunca había sido madrugadora. Era yo quien se despertaba e iba a sacar a Michael de la cama para ir a clase. Era yo quien nos preparaba el desayuno y lo que llevábamos de comer a clase. Era yo quien se las ingeniaba para hacer que la comida que había en la alacena nos durara lo suficiente hasta que mi madre pudiese hacer la compra de nuevo. Quien mezclaba trocitos de galletitas saladas en nuestros bocadillos de atún, por ejemplo. Quien agregaba más agua y más sal a las sopas de sobre. Quien le quitaba el moho al jamón y cruzaba los dedos para que no nos sentara mal. Yo me encargaba de la cuenta bancaria y de hacer números. Cuando era pequeña, las mates se me daban de fábula —me gustaba el orden y los detalles y que todo tuviera su sitio—, de modo que mi padre me había mostrado cómo funcionaban los libros de contabilidad y me había explicado los conceptos básicos para llevar las cuentas. Me enseñó los programas del ordenador que usaba para administrar las ventas de mi madre y los gastos del hogar y todos los filamentos necesarios que creaban la red de seguridad que nos mantenía a flote y evitaba que nos diéramos de bruces. Tras su muerte, pasé yo a encargarme de todo. No se me pasó por la cabeza que aquello fuese algo extraño que asignarle a una niña de nueve años. Al fin y al cabo, no eran más que problemas matemáticos y rompecabezas varios. Me gustaba hacer que todo fuera en orden. Y hacer la cena no era muy distinto de los proyectos que hacíamos en clase de ciencias. Las clases se me daban bien, al menos por aquel entonces, y me moría de ganas de volver a casa y encargarme de mi hermanito para poder contarle todo lo que había aprendido mientras mi madre trabajaba en su estudio. Esas cosas se me daban muy bien, y una se siente bien cuando encuentra algo que se le da bien. Además, estar al mando molaba.

A pesar de los rumores que corrían en nuestra pequeña comunidad y la creencia general de que mi madre, al ser artista, era tanto una vaga como una desadaptada social que no hacía más que aprovecharse de la buena voluntad del pueblo, nadie se esforzaba tanto como hacía ella. Sus tapices eran enormes, con muchas capas y puntadas intrincadas que había planeado con atención, con materiales originales, y que siempre sorprendían. Sus tapices contaban historias dentro de otras historias: el paso del tiempo y la tragedia del amor y la presencia insistente de la muerte. Eran historias de pasión, asesinatos y nacimientos, de manos rapaces que se aferraban a unos recursos escasos, de dioses traviesos que se ocultaban entre las hojas de árboles moribundos con la esperanza de que sus planes dieran resultado, contra todo pronóstico. Había mujeres de encaje hechas con plumas y alambres de púas, cosidas en el fondo con hilos dorados. Bebés que surgían de botones. Niños que cortaba del papel amarillento de los avisos de desahucio. Hombres hechos de retales de zapatos de cuero y bañados en lágrimas. Mi madre cosía ciudades compuestas de las fibras que reunía de unos sacos de semillas ancestrales. Era una maravilla por sí misma. Incluso de adolescente, cuando mi frustración hacia ella llegó a su punto álgido, no conseguía olvidar lo maravillosa que era.

Ella se quedaba despierta toda la noche trabajando en un proyecto: haciendo el bosquejo de un diseño o convirtiendo la fibra en hilos o montándolo todo para su telar o cosiendo el objeto que hubiese decidido que tenía un papel que interpretar en la historia que había tejido. Luego, bajo el brillo de las estrellas de antes del amanecer, les daba de comer a las ovejas y verificaba que todo fuese bien con sus quesos hasta que caía rendida en su cama. No la veíamos despierta hasta que volvíamos de clase y, en ocasiones, todavía la encontrábamos soñolienta y frotándose los ojos. Por mucho que fuese así de tarde.

Entonces esa grulla había llegado a nuestras vidas, y todo había cambiado.

En cuestión de días, mi madre empezó a despertarse justo antes del amanecer, a revolotear por la casa y dejarse notas a sí misma en su cuaderno mientras la grulla se paseaba por el jardín a la caza de caracoles.

—¿Estás enferma? —le pregunté, cuando aquella rutina perduró durante más de una semana. Tenía arañazos en la parte de atrás de los brazos y una herida unos centímetros por encima del tobillo. Aun con todo, no le pregunté al respecto, pues sabía que no me contaría nada.

—¿Enferma? ¿Yo? Claro que no, si yo nunca me pongo mala. —Echó un vistazo al exterior y se quedó mirando a la grulla dar pisotones por el jardín. El rostro le parecía brillar por la ilusión. La grulla se acercó a las ovejas, las cuales se apretujaron en un rincón, y mi madre esbozó una sonrisa. Tenía las ojeras muy marcadas y el cabello sin vida.

—Siéntate —le dije—. Prepararé el desayuno.

Me miró. Y, en ese momento, sus ojos me parecieron extraños. Huecos. Vacíos. La fría oscuridad que había entre una galaxia y otra o el dolor distante que produce un campo yermo y árido. Al recordarlo ahora, reconozco esos ojos, pues los he visto en distintas mujeres con el paso de los años: en amigas, compañeras de piso, compañeras de trabajo. Una vez, los vi en una vecina, justo antes de que llamara a la policía para denunciar a su marido. Yo misma he tenido esos ojos. Aunque solo una vez. Cuando parpadeó, el vacío permaneció allí, y me recorrió un escalofrío. No sabía lo que estaba viendo.

—¿Cómo quieres que coma cuando estoy tan llena de amor? —me preguntó.

Hice caso omiso de sus palabras y le preparé un plato de huevos revueltos de todos modos. Le di un beso en la coronilla tras servirle la comida, como si yo fuese la madre, y ella, la hija. Sin embargo, no probó bocado, y terminé dándole el plato a mi hermano, quien se lo comió frío.

Aquella noche, todos mis sueños estuvieron llenos de plumas. Plumas en el suelo, en el cabello, dentro de la boca. Pese a que llamé a Michael, solo las plumas respondieron. Cuando me froté los ojos, estos también estaban hechos de plumas. Al empezar a entrar en pánico, corrí hacia el granero y subí hacia el estudio de mi madre que había en el ático. Allí, me encontré con la grulla de pie en el telar, cosiendo el rostro de mi madre en uno de sus tapices.

No, tan solo era una imagen del rostro de mi madre.

Presté más atención, y el tiempo se detuvo.

Pero no, sí que era su rostro. La piel se había estirado hasta volverse increíblemente delgada y ancha, y los bordes seguían ensangrentados. Los ojos de mi madre parpadearon.

Meneé la cabeza. La lógica de los sueños colisionaba con la lógica de verdad y hacían que la escena no tuviese sentido. Entrecerré los ojos, y los ojos de mi madre que me miraban desde el tapiz me dedicaron una sonrisa.

—No te preocupes, cielo —me dijo—. No me duele nada. Y aún no has visto la capa que tiene Padre.

No mires la capa de la grulla, me dije a mí misma. No sabía por qué, pero entonces me desperté con un grito ahogado, bañada en sudor y temblando.

Al día siguiente, tras volver de clase, decidí ir a ver a mi madre en su estudio. Antes de lo de la grulla, mi madre siempre nos animaba a sentarnos con ella mientras trabajaba. En la mayoría de las ocasiones nos limitábamos a leer un libro y a disfrutar de su compañía por mucho que ella no nos hiciera ni caso. Cuando se ponía con su arte, mi madre se concentraba por completo y apenas se movía. No tenía nada de sus aires tranquilos y llenos de fluidez que la caracterizaban el resto del tiempo, sino que sus movimientos eran tensos y controlados, su respiración, rápida y uniforme, y nunca apartaba su atención de sus puntadas y sus hilos, de sus dibujos y sus planes o del frágil mecanismo de su enorme telar. Pasé mucho tiempo sin ser consciente de en qué consistía el trabajo de mi madre: el tiempo que pasaba en el telar y en su escritorio eran solo cosas que hacía y ya, algo que capturaba su atención y la mantenía cautivada durante horas. Michael y yo la preferíamos cuando hacía de madre en lugar de artista.

Aun así, incluso si no era precisamente locuaz mientras trabajaba, sabíamos que siempre éramos bienvenidos. Siempre hacía espacio para nosotros. Siempre se ponía contenta de que la acompañáramos. Siempre.

Razón por la cual me sorprendió muchísimo encontrarme la puerta de su estudio cerrada con llave.

—¿Mamá? —la llamé desde fuera, aunque no respondió—. *¿Mamá?* —insistí más fuerte, al llevarme las manos alrededor de la boca.

Pero nada. Podía oírlos en el interior del estudio. La grulla graznaba y hacía ruiditos que parecían molestos, y la voz de mi madre era suave y tranquilizadora.

—Lo sé, cariño. —La oí decir, para tranquilizarlo—. Ya casi estamos. Haré que todo sea precioso.

No tenía forma de saber a qué se refería.

8

Poco antes de que mi padre muriera, los dos pasamos el día en su habitación, hechos un ovillo en nuestro nido de mantas, todas tejidas por mi madre y cada una hecha un caos de colores, figuras y movimiento. Mi padre solía echarse su manta favorita por encima y pasaba las manos por sus colores brillantes y sus historias excéntricas; además de brujas hermosas, gigantes petulantes y ciudades enteras habitadas por pájaros, mi madre había añadido en el centro a un hombre y a una mujer en el día de su boda, con las manos entrelazadas y el rostro muy cerca del otro. Cada uno tenía un bordado de hilo rojo tejido en el lugar del corazón, el cual se conectaba al otro mediante una serie de nudos. El hombre era difuso y poco claro, la única figura en la manta que era gris en lugar de multicolor. La mujer tenía unas alas iridiscentes y los pies hechos de plumas, así como un botón cosido en la boca.

Me arrebujé junto a mi padre. Su olor se había ido volviendo más intenso con cada día que pasaba, un olor que mucho después comprendería que me recordaba al océano cuando se retira mar adentro: descomposición y desintegración y sal. Nunca había visto el océano, por lo que imaginaba que debía ser como un campo de trigo; un zumbido, un susurro y una ola, que se estiraban hasta tocar el borde del cielo. Durante esos días, hacía muchas muecas de dolor, y en ocasiones hasta temblaba. Tenía tubos metidos en la nariz que lo ayudaban a respirar y uno que le entraba directo en el brazo y goteaba un líquido transparente, además de otro que estaba unido a una vía de acceso en el pecho.

Podía pasarme el día entero junto a mi padre, y a menudo lo hacía. Leíamos libros juntos o me ponía a dibujar y él alababa mi esfuerzo. Me mostró cómo resolver juegos matemáticos y problemas de lógica y el truco para sumar o multiplicar números considerablemente grandes en un lapso de tiempo muy muy corto. («Son solo patrones, ¿lo ves? Una vez que notas el patrón que hacen los números, puedes reconocer su truco y entonces la aritmética simple se equipara con unas sumas de lo más complejas. El cerebro lo reconoce antes de que a los ojos les dé tiempo a procesarlo todo»). Me enseñó a identificar aves de acuerdo con sus cantos y cómo atrapar una mosca entre el índice y el pulgar. Incluso me mostró cómo forzar una cerradura usando una caja de herramientas que mantenía escondida bajo la cama, pues sabía que a mi madre no le gustaría. Más adelante, llevé esa caja a mi armario sin contárselo a nadie. Fue la primera vez que aprendí que, en ocasiones, lo mejor era no ir mostrando lo que sabía hacer.

Mi padre me pasaba las manos por el cabello, me las apoyaba en los hombros o las envolvía alrededor de las mías para ocultar sus temblores. Mi madre trabajaba en su estudio, con Michael en un portabebés o atado a su espalda. Por aquel entonces, no solía hacer otra cosa que no fuera trabajar. En ocasiones, no quería irse a la cama. Otras ni siquiera entraba a casa. Y yo veía el modo en que la mirada de mi padre se posaba en la ventana. Podía sentir sus suspiros laboriosos.

Lo noté mirando y fruncí el ceño.

Él se percató de mi entrecejo fruncido y me llamó la atención.

—¿Y esa cara? —quiso saber.

No supe qué decirle. Quería que mi madre estuviese allí con nosotros, hecha un ovillo en la cama. Y Michael también. Que no lo estuviera me molestaba muchísimo; era una sensación de incomodidad terrible, de que algo iba mal, que me picaba y me daba tirones, como cuando uno se pone un jersey de la talla incorrecta. No sabía por qué. Solo sabía que debíamos estar juntos. Y el hecho de que no lo estuviéramos era culpa de mi madre, sin duda.

Por mucho que no tuviera cómo explicarle a mi padre todo aquello, él quería una respuesta. Me quedé un rato de morros.

—Mamá es muy aburrida —dije, finalmente. No era lo que sentía con exactitud, pero fue lo que se me ocurrió más cercano a la verdad en aquel momento.

Mi padre asimiló mi respuesta con una expresión seria. Era el único adulto en mi vida que me tomaba en serio.

—Ya veo —contestó, antes de toser contra un pañuelo de papel y metérselo en el bolsillo con suma presteza para que no pudiera verlo—. Nunca me lo ha parecido, pero tú sabes más de esas cosas que yo, claro.

—Exacto —asentí.

—¿Sabías que en las historias antiguas se decía que las tejedoras podían hacer magia? —preguntó, cambiando de tema.

—¿Qué es una tejedora? —quise saber.

—Mamá es una tejedora —contestó él—. Ese es su trabajo.

Fruncí el ceño.

—Creía que hacía dibujos y luego cosas con hilos.

—Así es —dijo mi padre, apoyándome la mano en la mejilla. Sus manos eran de lo más delicadas en aquel entonces—. Es lo mismo.

—Creo que ya lo sabía —acoté, pues quería que mi padre pensara que era muy lista.

—No lo dudo —dijo él, haciendo uso de su voz seria. Me encantaba que me tomaran en serio—. Pero bueno —siguió—, si quieres que nos pongamos específicos, tu madre es una tejedora de las que no hay. Una tejedora con clase. Una *artista* tejedora. —Otro respiro entrecortado—. Hay muchísimas historias sobre tejedoras. Historias antiguas y poderosas. Los griegos, por ejemplo, contaban historias de las Moiras. Eran unas viejitas malvadas que entretejían penurias y calamidades en los hilos de las vidas de las personas. Un tirón a uno de esos hilos y una relación podía llegar a su fin o una persona podía morir o un reino entero podía quedar en ruinas.

Volvió a toser. A veces, hablar le costaba demasiado esfuerzo, así que le acerqué su vaso de agua. Le costó un poco tragar, y unas gotitas de agua se le resbalaron por la barbilla. Se aclaró la garganta antes de continuar.

—En Irlanda —empezó de nuevo—, la diosa Brigid se sentó en su telar y tejió hasta darle forma a todas las tierras, de puntada en puntada, cada una más hermosa que la anterior. Aunque también se le soltaron algunas. —Otra tos—. En China, la diosa Zhinu hilvanó todas las estrellas del cielo y tejió el río plateado que vemos en lo alto. En el antiguo Egipto, la diosa Neit entretejió dos reinos juntos, y los vikingos cantaban sagas sobre las

valkirias que tejían en telares que tenían cabezas decapi-
tadas que usaban como contrapesos y flechas para tirar
del hilo de un extremo a otro. Las tejedoras podían predecir el futuro o disipar encantamientos o cambiar el
destino. Podían tejer un matrimonio feliz, una familia
sana, una generación maldita o un destino catastrófico.
Algo que nunca deberías hacer es enfadar a una tejedora, te lo aseguro.

Volvió a toser. Y a temblar. Presionó un botón que
tenía conectado al tubo que le llegaba al brazo y supe
que no iba a tardar en quedarse dormido. Llevé las manos hasta su rostro para mirarlo a los ojos, pues quería
estar presente en el momento en que su consciencia lo
abandonara con un pestañeo.

—¿Mamá puede hacer magia? —le pregunté, con voz
muy seria. No me lo creía, ¿cómo iba a hacer magia?
Era obvio que ya me habría enterado si ese fuera el caso.
Aun con todo, quería estar segura.

A mi padre le empezaron a pesar los párpados. Los
abría y los cerraba muy despacio, como las olas en el
mar. No me contestó de inmediato.

—Hay una historia sobre un hombre que rescata a
una grulla —dijo, después de unos segundos—. La
grulla se enamora de él, de modo que se convierte en
mujer y teje las telas más hermosas de todas. Él las
vende y comienza a ganar mucho dinero. No puede

creer la suerte que tiene: una bella esposa, un negocio exitoso. Así que son felices con su matrimonio, con su vida juntos. Muy muy felices. Al menos durante un tiempo. Solo que entonces a él le puede la ambición. Porque es lo que pasa con los hombres. Se mostró muy agradecido al principio, pero entonces quiso más y más de ella. Le exigió y le exigió y le exigió aún más. Tras un tiempo, lo único que podía ver era lo que ella no hacía, lo que no conseguía. Se obsesionó con las riquezas que sus futuros proyectos no habían logrado ganar aún. Ella pasó por alto su ambición y siguió trabajando; siguió haciendo más y más por el hombre que amaba. Lo único que le pedía era que la dejara tranquila mientras trabajaba. Su única regla era que el hombre no debía abrir la puerta de la habitación en la que tenía su telar, pues no debía interrumpir su trabajo. Solo así ambos serían felices. Sin embargo, un día, él no pudo soportarlo más. Creía que estaba trabajando muy despacio. Que no era tan maravillosa como él quería que fuese. Las ventas habían disminuido, y él quería ser más rico, más importante. Se dio cuenta de que ella no estaba a su altura y que nunca lo estaría. Toda esa belleza, todo ese arte, y, aun así, le dio la sensación de que ella había fracasado. Que le había fallado. Abrió la puerta hecho una furia para regañarla, a voz en grito. Solo que, en lugar de encontrar a su preciosa esposa en su telar, lo que encontró fue a una magnífica grulla que tejía y tejía y no dejaba de tejer. Entonces la grulla se detuvo y meneó la cabeza. Se giró hacia la ventana, se subió al alféizar y alzó el vuelo, para nunca más volver.

Mi padre tenía las pupilas dilatadas y soltó un hondo suspiro, tras lo cual se quedó en silencio unos segundos.

—¿Mamá puede hacer magia? —volví a inquirir.

—Nunca me ha gustado esa historia —dijo, en voz muy baja—. Nunca sería como ese hombre. No puedo imaginarme diciéndole que no a tu madre. Además, ¿por qué una grulla? Las grullas son malas. Crueles. Tan solo tienes que preguntárselo a las ranas o a los peces del estanque. Las grullas son iguales a todos los depredadores: astutas y oportunistas. Ninguna tendría la paciencia para ponerse a tejer ni para hacer algo hermoso solo por el mero hecho de hacerlo. Una grulla haría que alguien más hiciese el trabajo sucio. Como un ratón. O una majestuosa araña. Haría que la criatura trabajase como un esclavo y luego se la comería.

Los párpados le empezaron a pesar y cada vez le costaba más abrirlos. Las manos cayeron a sus lados.

Me acomodé más cerca de él, con la vista clavada en el estudio de mi madre, el cual podía ver a través de la ventana, al otro lado del jardín. A veces podía ver la silueta de mi madre delineada contra la pared del fondo.

A veces captaba un vistazo del tapiz que estuviera tejiendo, cuando reajustaba las luces.

Fruncí el ceño. No me parecía que tuviera nada de magia.

9

asi un mes después de la llegada de la grulla, una asistente social nos hizo una visita.

No fue ninguna sorpresa. O, al menos, a mí no me sorprendió. Me había saltado al menos una clase —y, en ocasiones, todas— cada semana desde que había empezado el año y, la verdad, lo único que me sorprendía era que hubiese tardado tanto. Estábamos a finales de marzo, al fin y al cabo.

La asistente social iba vestida de beis. Zapatos beis, pantalones de vestir beis, *blazer* beis. Una blusa de seda de color crema abierta a la altura de la garganta y un colgante de metal con forma de ave que le colgaba de una cadena en el cuello. Llevaba sus rizos oscuros recogidos en lo alto de la cabeza y una trenza los rodeaba como base. Tenía unas gafas que acababan en punta, donde dos lucecitas verdes brillaban como si de esmeraldas se trataran, lo que indicaba que estaban conectadas de forma inalámbrica a la tablet que tenía sobre su carpeta abierta.

—Debo informarte de que estoy grabando esta interacción —me dijo, muy animada ella. Tenía los dientes pequeños y los labios, rojos. Me dedicó una sonrisa.

—Ya —contesté, antes de apretar los labios en una mueca sin expresión por si no se había percatado del desdén en mi voz—. Si ya lo vemos. —Hice un ademán con la barbilla hacia la imagen de mí y de mi asustado hermano que nos devolvía la mirada desde la pantalla con manchones de la tablet. Me saludé con la mano a mí misma con lo que me devolví el gesto.

—Supongo que sí —dijo ella—. Veo en tu archivo que eres una chica lista. Solo que no tan lista como para ir a clase todos los días.

—Sí que voy a clase todos los días —repuse.

—Cierto. Tenemos una compilación de vídeos tuyos en la oficina en los que sales haciéndole la peineta a la cámara de la puerta principal. Todos los días. Cualquiera diría que te cansarías, pero no. En fin, lo que quería decir era que no eres tan lista como para *quedarte* en la escuela todos los días. Las chicas listas se quedan en la escuela para luego poder ir a la universidad, lo que les da alas para volar muy muy lejos cuando son mayores. El cielo es el límite, como dicen algunos. ¿No es eso lo que quieres? Tus profesores me han dicho que tienes mucho potencial y un futuro lleno de posibilidades, aunque me da la impresión de que a ti no te importa mucho tu educación. Y la verdad es que quiero saber a qué se debe eso. —Me dedicó otra sonrisa—. Soy una mujer muy curiosa, como verás.

Estaba de pie en el porche, y yo, en la puerta. Aún no la había invitado a pasar. No estaba segura de si iba a hacerlo. Ella no tenía permiso para cruzar el umbral si yo no se lo indicaba de forma explícita, pues había ciertas reglas que seguir. Hasta yo lo sabía.

—A ver —empecé, con voz monótona, y no puse los ojos en blanco porque habría sido un cliché demasiado obvio. Aunque sí que quería hacerlo—. Llamar «educación» —Hice comillas con los dedos— a cualquier cosa que sucede en ese instituto es ser demasiado generosos. —Su actitud optimista pareció venirse abajo, siquiera un poquitín—. La semana pasada, mi profesor de Historia nos puso una película en carrete. Un rollo de película de los de antes. No tenía idea de que esas cosas todavía existían. Debía tener unos cien años o así.

La asistente social hizo un mohín.

—Pues sí que suena histórico. Quizás tendrías que haber prestado atención.

—Mi profesor no lo hizo, se quedó dormido a media película. —Me acomodé mejor el jersey alrededor de los hombros antes de cruzarme de brazos. Michael, a quien tenía cerca, empezó a tiritar. Hacía frío fuera, y estábamos dejando que el calor escapara de casa. No podíamos quedarnos en la puerta todo el día—. Y bueno, la película ni siquiera venía a cuento. Fue toda una pérdida de tiempo.

Nada de lo que le estaba diciendo era cierto, claro. Mis profesores no eran malos, solo aburridos. Irrelevantes de una forma que no podía expresar con palabras, pero que me ponía de los nervios de todos modos. El instituto no me podía importar menos: los bombos y platillos, las actitudes arrogantes, las reglas que no estaban escritas en ningún lado y las aglomeraciones de distintas caras y olores. No me importaban los chavales que me miraban con curiosidad y se preguntaban a sí mismos —o a veces en voz alta y delante de mis narices— si me parecía a mi madre. ¿Se me daba bien el arte como a ella? ¿Sería igual de buscona? ¿Igual de trágica y melancólica como decían los rumores del pueblo? (No me parecía en nada a mi madre. Y, a la vez, era idéntica a ella. Ambas opciones eran correctas). Lo único que quería era encontrar un lugar tranquilo en el que pudiese dibujar y quedarme mirando el cielo perdida en mis propios pensamientos. A veces, me iba con otros chicos que se saltaban las clases: los drogatas y los borrachos, en su mayoría. Aunque no me llamaban ninguna de las dos cosas, encontrábamos otras cosas que hacer para pasar el tiempo. Me quedaba con el grupo que fuera hasta que, como de costumbre, alguien hacía una pregunta sobre mi madre que empezaba con «¿es verdad que...?», momento en el cual me piraba. No recordaba ninguno de sus nombres. No estoy segura de haberlos sabido, de hecho.

La asistente social me miró de arriba abajo, tras lo cual le echó un vistazo a Michael, quien se escondía detrás de mis piernas. Mi madre estaba en su estudio, haciendo arte. Haciéndole ojitos a la grulla. Y haciéndole otras cosas que no quería ni siquiera imaginar. Con suerte, solo arte.

—¿Está tu madre en casa? —preguntó la mujer.

—No —contesté.

—¿Puedo pasar?

Me desanimé un poquito. Si le decía que no, volvería con unos documentos oficiales que le otorgarían derecho a fisgonear lo que le viniera en gana. Y entonces estaría dispuesta a todo. Hice un inventario rápido mentalmente de todo lo que contenían la alacena y la nevera: un paquete de salchichas cubiertas de una capa pegajosa, aunque nada que no se pudiera solucionar enjuagándolas un poco. Unas cuantas manzanas de piel arrugada que bien podría cortar o pelar. Y una valiosa cuña de uno de los quesos de mi madre. Pese a que en su mayoría los vendía para ganar dinero para mantenernos, de vez en cuando, como premio, se guardaba uno para nosotros. Lo cortaba en tajadas delgadísimas para hacer que durara más tiempo y no me hacía nada de gracia la idea de tener que compartirlo con una desconocida.

—Claro —dije, antes de retroceder y alzar un brazo en un gesto exagerado para darle la bienvenida. Esbocé una sonrisita irónica que esperaba que no le pasara desapercibida—. Bienvenida a nuestro humilde hogar. Por favor, siéntase como en casa. ¿Quiere algo de comer? ¿O de beber?

—Pero qué buenos modales —dijo ella, mientras se paseaba por la casa y la recorría entera con la mirada. Sabía que estaba escaneándolo todo con sus gafas, para que quedara constancia en vídeo. Hizo un barrido con la mirada por toda la estancia, de arriba abajo, y se detuvo un momento en los cuadros de la pared que eran obra de mi madre (con un poco de desnudez, aunque nada que resultara escandaloso ni alarmante) y en los intentos de tapices que habían terminado convirtiéndose en mantas. Para mis adentros, me felicité a mí misma por haberlo limpiado todo a consciencia el día anterior y por haber vuelto a pasar la escoba al volver a casa. No había cómo saber que una grulla estaba viviendo con nosotros, pues no había ni una sola pluma por ningún lado. Sin embargo, sí que me di cuenta de que se quedaba mirando con intención un par de zapatos de mi

padre que la grulla había dejado tirados, con unos agujeros enormes para hacerle sitio a sus garras. Meneó la
cabeza. Como no parecía que alguien pudiera ponérse-
los, no tenía que preocuparse por su posible dueño.

—Bueno, es que me han criado muy bien —comen-
té, de forma más petulante de la que pretendía—. Podría preparar un platito de queso y galletas, si quiere.
—Aquello tampoco era cierto, dado que no nos quedaban galletas. Con suerte no lo notaría.

Esbozó una sonrisa al oírme. Una de verdad.

—He probado el queso de tu madre, y por delicioso
que sea, creo que esta vez paso. No tengo mucha hambre. Mejor un vaso de agua.

Los tres nos sentamos a la mesa de la cocina, y ella
dejó que sus ojos se posaran en cada rincón de nuestro
hogar. En las fotos de las paredes. En los libros de las
estanterías. En la alacena, prácticamente vacía. Por
mucho que no hubiera ningún arma a la vista, sí que
teníamos una: la vieja escopeta de mi abuelo. La teníamos guardada en el trastero del sótano, en su caja con
llave y envuelta en un mantel para que no se colara el
polvo, los bichos ni la humedad. Cada año, la sacaba
para limpiarla, como me había enseñado mi padre, y
para revisar la caja de munición y confirmar que no se
hubiese estropeado. Mi padre me había enseñado a
disparar cuando era muy pequeña. Antes de que lo

confinaran a una cama. Me enseñó a fijarme en un blanco con un solo ojo sin perderlo de vista. A quedarme quieta y mantener la respiración lenta y constante. A presionar el gatillo con suavidad, tanta que el propio gatillo no supiese que lo estaban presionando. Más adelante, algunos meses después de que mi padre muriera, mi madre me hizo practicar durante horas con blancos, latas y un saco lleno de arena que lanzaba al aire. Se me daba muy bien. En palabras de mi madre, había nacido para eso. Me dijo que era una habilidad importante que practicar, porque una nunca sabía lo que podía pasar. Aun con todo, aquello había sido hacía mucho tiempo, y hacía años que ninguna de las dos tocaba la escopeta.

Michael se quedó callado. Movió el hielo que había en su vaso y bebió el agua a sorbitos. Se quedó mirando a la asistente social con los ojos muy abiertos, y yo le rodeé los hombros con un brazo antes de darle un apretoncito, para que supiera que yo me encargaría de todo. Siempre lo hacía.

Ella se puso a parlotear durante un rato. Me preguntó qué opinaba del nuevo director (nada en absoluto) y si tenía algún interés en ofrecerme voluntaria para diseñar el escenario de la obra de teatro de la escuela (de nuevo, ninguno en absoluto). Preguntó por el trabajo de mi madre, por los clientes que en ocasiones iban y venían, por el hombre que se encargaba de sus ventas en línea y sus contratos y pagos respectivos.

—Se llama Bruce, ¿cierto? Es curioso que nunca me lo haya cruzado por el pueblo... ¿Suele pasar mucho tiempo aquí? Contigo o con tu hermano.

—Pues... —empecé, escogiendo mis palabras con cuidado—. Yo diría que no. Bruce es bastante tímido, y en los tiempos que vivimos es muy sencillo trabajar desde cualquier lado. La verdad es que no tiene que estar en el pueblo para hacer su trabajo, puede ir adonde quiera. Así que no lo veo mucho. Hasta donde yo sé, vive en un ordenador y en el teléfono. —Llevé la mano debajo de la mesa y le di un apretoncito en la mano a mi hermano. Por supuesto, él sabía que el tal Bruce no existía. Bruce era yo. Era yo quien se encargaba de las ventas de mi madre y de contactar con clientes potenciales. Era yo quien escribía el boletín informativo y quien mantenía su página web actualizada. Era yo quien hacía los ingresos en nuestras cuentas bancarias y pagaba las facturas y las deudas y me aseguraba de que no nos faltara de nada. Sin embargo, solían tomarme más en serio cuando pensaban que quien les estaba escribiendo un correo o un mensaje era un tipo llamado Bruce. Hasta tenía una app en el móvil para alterarme la voz, para aquellas raras ocasiones en las que tenía que hablar con alguien por teléfono.

Le busqué la mirada a Michael y le guiñé un ojo.

—Entonces... —dijo la asistente social, mientras juntaba las palmas de las manos y se llevaba la punta de los dedos a los labios—, no tengo que preocuparme por Bruce. Lo que quiero saber es si estáis a salvo. —Hizo una pausa, y su expresión se volvió suave y seria. Extendió las manos sobre la mesa, con las palmas hacia arriba—. A salvo de verdad. Vuestra seguridad es lo que más me preocupa, y es por eso que he venido. ¿Estás a salvo? ¿Lo está Michael? ¿Esta casa es un lugar seguro para vosotros?

Pensé en mi madre y en los cortes que se había hecho en la espalda. En los moretones que tenía en el cuello. Pensé en la grulla y en su andar arrogante y sus miradas lascivas. Pensé en el sueño que había tenido sobre el pececito y la punta afilada de su pico tan cruel. Y también pensé en las plumas que Michael había encontrado en su habitación. En el terror irracional de nuestras ovejas. Aun con todo, intenté mantener un rostro inexpresivo, como hacía mi madre.

—Segurísimo —contesté.

Me entregó una tarjeta con un número al que mi madre debía llamar, un panfleto sobre la importancia de asistir a clase y otro sobre métodos anticonceptivos, solo por si acaso. Y un tercero que explicaba con mucho ahínco por qué las drogas eran algo malo y que no debía consumirlas. Me dijo que le sorprendía que no nos hubiese visitado nadie de la oficina de absentismo escolar y que les daría un tirón de orejas por mí y me enviaría a alguien a casa para que pudiésemos organizar un plan para devolverme al buen camino, fuera lo que fuese que significara aquello. Y también me dijo que la llamara cuando quisiera.

—Todo el mundo merece tener a alguien que lo cuide —me dijo, mientras hacía un último escaneo de la estancia y guardaba cada detalle sobre nuestro hogar en su tablet—. Así que llámame en cuanto algo no vaya como debe ser. Incluso si no estás segura de por qué es así. Cuando los jóvenes faltan a clase, es porque están huyendo de algo. Y ese algo no suele ser el instituto en sí.

—¿Ah, sí? —inquirí, de forma más mordaz de lo que pretendía—. Entonces, ¿de qué cree que están huyendo? ¿De verdad cree que estoy huyendo de algo?

La asistente social se quitó las gafas y se las metió en el bolsillo. Ya no estaba grabando. Al menos por el momento, solo estábamos ella y yo. Incluso Michael pareció pasar un poco al olvido. Tragué en seco, y ella me miró a los ojos, con una mirada suave y sincera. Como si fuese la primera vez que me estuviese viendo de verdad. Como si ella misma quisiera que yo la viera.

—Creo que ninguna de las dos necesita que respondamos esa pregunta. Es una respuesta bastante obvia, ¿no te parece? —Aunque no supe por qué, sus palabras me golpearon con fuerza: un puñetazo duro y repentino. Me apoyó brevemente una mano en el hombro y, pese a que no sabía si tenía permitido hacer algo así, lo agradecí de todos modos—. Lo que sí sé es que, una vez que una persona empieza a correr, es muy difícil que se detenga. —Su mirada se posó sobre mi hermano, quien la miraba desde abajo con una expresión asustada—. Y, en ocasiones, nunca lo hacen. Y eso sí que es una lástima. —Se volvió a colocar las gafas y su expresión volvió a ser tersa y distante—. Volveré pronto. Hasta entonces, portaos bien. No hace falta que me acompañéis hasta la puerta.

Michael me dio la mano conforme ella salía de casa y me apretó los dedos con fuerza.

—No quiero que te vayas —me dijo, con su vocecita temblorosa—. No vas a irte corriendo, ¿verdad?

Alcé la vista hacia los drones que sobrevolaban el campo, que se movían hacia atrás y hacia adelante mientras escaneaban los terrenos con sus ojos electrónicos. El cerco eléctrico zumbaba y nos mantenía encerrados.

—A ver, pequeñajo —le dije—. ¿a dónde voy a ir yo?

10

Tener una grulla viviendo en casa presentaba todo un abanico de problemas. En primer lugar, estaba la cuestión de su andar, el cual, debido a su considerable tamaño, superior al de la mayoría de las grullas, implicaba que tenía que predecir los increíblemente amplios giros de su cuerpo para proteger los objetos que había sobre las mesas y las estanterías de acabar tirados en el suelo.

Por ejemplo, durante su primera semana en casa, la grulla dio un paso amplio, giró sin cuidado hacia la izquierda, y tiró con las plumas de la cola uno de los pocos cuadros de fotos que teníamos de toda la familia antes de que mi padre muriera, una con mi madre cargando a Michael en la curva de su brazo y conmigo sentada sobre la rodilla de mi padre mientras acunaba su carita arrugada. El cristal se rompió y le hizo un arañón a la mejilla derecha de mi padre.

—Pero ¡¿qué mierda haces?! —le chillé a la grulla, con los ojos anegados en lágrimas. Me dispuse a recoger los cristales rotos y no tardé nada en hacerme un corte en un dedo. Quería lanzárselos a la grulla a la cara. Mi madre se situó entre ambos y estiró un brazo en un gesto acusador.

Hacia *mí*. No me lo podía creer.

—¿Cómo te atreves? —me gritó mi madre—. En esta familia no nos preocupamos por lo material. ¿Qué es un objeto? ¿Qué propósito tiene? No vive ni respira ni siente. Lo único que debemos valorar sobre todo lo demás es aquello que está vivo. Los objetos inanimados no son más que basura pendiente de tirar.

Contuve un grito y me giré para no tener que verla. Recogí los cristales con una mano y la foto con la otra con mucho cuidado, con la precaución de no mancharla de sangre.

—Mamá —le dije, mordaz—, eres artista. Te dedicas a crear objetos materiales. —Hice un ademán hacia un tapiz pequeñito que estaba colgado detrás de ella, en la pared del fondo. Sin embargo, ella no me escuchó ni pareció haberse enterado de que le había hablado en absoluto, sino que se giró hacia la grulla. Apoyó las manos en sus plumas y le acarició el rostro con el suyo.

—Perdona, mi vida —canturreó—. No es más que una niña y no sabe lo que dice. Pero ya lo entenderá.

—Se giró hacia mí, y el rostro se le torció en una expresión que no conseguí reconocer—. Lo entenderá todo muy pronto.

Yo no tenía ninguna intención de entender absolutamente nada.

El otro problema de tener una grulla viviendo con nosotros era el tema de su alimentación. En su primera noche en casa, cuando le serví la sopa, ni siquiera la probó. Removió las hojas de la ensalada en su plato, en busca de algo. Más tarde comprendí que lo que buscaba eran bichos. Y luego se arrellanó sobre la silla en actitud enfurruñada. No fue hasta la noche siguiente, cuando vi a un ratoncito colarse por el suelo de la cocina, que comprendí que su dieta era más bien distinta a la del resto de nosotros. El ratón se escabulló, y, en un abrir y cerrar de ojos, la grulla osciló hacia adelante, desde el eje que era la articulación de sus piernas, y su pico afilado como una lanza atravesó a la criatura con una fuerza y velocidad impresionantes. El ratón explotó como si de un globo se tratase. Como parte del mismo movimiento, la grulla lanzó al roedor hacia arriba, lo atrapó con su pico y se lo tragó de un solo bocado.

Nos quedamos en silencio durante unos segundos. Michael vomitó directo en su cuenco de comida. Y luego se fue corriendo a su habitación a llorar. A mi hermano le encantaban los ratoncitos; adoraba todos los animales pequeñitos.

Señalé la mancha de sangre que había quedado en la moqueta.

—¿Alguien piensa limpiar eso?

Mi madre no contestó, y la grulla salió a cazar.

—Alguien se ha quedado con hambre —dijo ella, con una sonrisita indulgente, antes de soltar un suspiro.

En aquel momento, me entró el pánico por los hámsters de mi hermano, Ricitos de Oro y Kublai Khan, quienes vivían en una jaulita cerca de la ventana del trastero.

Para fines de aquel mes, ambos habían desaparecido.

11

Dos meses después de la llegada de la grulla, esta seguía como un elemento presente en nuestro hogar. Cuando bajé a desayunar aquella mañana, con la esperanza renovada de descubrir que se había marchado, volví a decepcionarme. Michael estaba sentado a un extremo de la mesa, con la vista clavada en su cuenco vacío de cereales y sin pronunciar palabra, mientras mi madre se encontraba en el otro extremo, haciéndole arrumacos a la grulla. Tenía el cuello cubierto de cortes. Y los pechos. Y la longitud de sus brazos. Algunos eran tan profundos que había tenido que darse puntos para cerrarlos. Pese a que había demostrado mi preocupación —a menudo y en voz alta—, siempre le restaba importancia.

—Son una cosita de nada —me dijo—. Y llevo mucho tiempo con ganas de arreglar ese puñetero telar. Son gajes del oficio. —La grulla le dio un azote en el trasero con la parte de abajo de una de sus patas y arañó la tela de sus tejanos con sus garras afiladas. Las enganchó en el bolsillo trasero de sus tejanos y tiró de mi madre hasta depositarla sobre su regazo, con lo que consiguió rasgar la costura un poco. Mi madre cayó sobre el cuerpo del pájaro, hecho tanto de plumas suaves como de ángulos duros, entre risas—. ¿A que somos la pareja más feliz de todas? —exclamó, y la grulla soltó un graznido en respuesta.

Le busqué la mirada a mi hermano y fingí vomitar. Michael, con su expresión seria, no pareció darse cuenta. Se pasó la mañana entera sin decir nada.

Aquel día, mi hermano y yo caminamos muy despacio para ir a clase. Otra vez íbamos tarde, aunque la verdad era que no me importaba. Iba a suspender Inglés. Ya habíamos entrado en la segunda mitad del segundo semestre, de modo que las posibilidades que tenía de recuperar esa nota eran casi inexistentes. De todos modos, no me parecía que hubiese mucha diferencia entre suspender por poco o suspender por mucho, así que no tenía sentido que nos diéramos prisa. Estábamos en abril, uno demasiado caluroso. El sol de la mañana se nos cernía con intensidad sobre la cara conforme recorríamos aquella larga y oscura carretera.

Finalmente, Michael se detuvo de improviso y se giró hacia mí con el entrecejo fruncido.

—Padre no me cae bien —dijo a media voz y sin dejar de fruncir el ceño, con la vista clavada en mis zapatos.

—No lo llames así —le dije. Ni siquiera llamábamos «padre» a nuestro propio padre. Lo llamábamos papá. Aunque claro, Michael no lo recordaba, pues por aquel entonces había sido tan solo un bebé. «El milagrito de papá», como lo solía llamar mi padre, dado que los médicos le habían dicho que la radiación y la quimioterapia lo habían dejado estéril hacía mucho tiempo. «Sí, todo un milagro», recordaba que mi madre había dicho, sin prestarle mucha atención y con la mirada perdida en la ventana.

—Mamá no fue al mercado ecológico el sábado —dijo mi hermano, pese a que yo ya lo sabía, y también me preocupaba. Ya había pasado cierto tiempo desde que había vendido su última obra, y de verdad necesitábamos el dinero. Sin embargo, Michael solo tenía seis años. Sus preocupaciones tendrían que ser aprender a atarse los zapatos, no el saldo de la cuenta bancaria de nuestra madre. Así que hice lo que pude para tranquilizarlo.

—A veces los adultos no hacen lo que esperamos que hagan —le dije, con la esperanza de que aquello sonase lo bastante razonable y autoritario como para ponerle punto final a la cuestión. Solo que mi hermano no pensaba dejarlo estar.

—Pero es que ella *siempre* va al mercado. —Michael era un niño muy serio, aunque lloraba con facilidad. Me di cuenta de que la comisura de sus ojos se estaba anegando de lágrimas y de que había olvidado cepillarle su cabellera de rizos castaños aquella mañana. Lo más probable era que se pusiera a llorar pronto, y luego me tocaría dejarlo hecho un mar de lágrimas en la escuela.

—*Suele* ir al mercado. A veces no va.

Mi hermano no se dio por vencido.

—*Siempre* va. Y yo también. Y la ayudo a vender queso. No siempre me gusta vender queso, pero sí que me gusta sentarme con mamá. Y luego hacemos la compra con ese dinero. Y este sábado no ha hecho la compra. Así que, esta mañana, he tenido que comer crema de cacahuates sin pan para desayunar. Y ahora tengo la boca toda pegajosa.

Aquello era cierto. La mía también estaba pegajosa.

Y Michael ni siquiera estaba enterado de todo. Había ciertos pasos en la elaboración del queso que tenían que hacerse en cierto orden y de cierta manera, incluso cuando el queso iba madurando. Por ejemplo, los moldes no se habían girado. Había tenido que hacerlo yo, y era posible que lo hubiese hecho demasiado tarde. Había que controlar la humedad tres veces al día y ajustarla según fuese necesario, y estaba casi convencida de que mi madre no estaba haciendo ninguna de esas cosas. No tenía ni idea de cuántos quesos iban a sobrevivir aquella temporada ni mucho menos cuántos madurarían lo suficiente como para venderlos. La nueva tanda de cubas prensadas a toda prisa se había quedado abandonada en un rincón del granero, amargándose cada vez más, y probablemente íbamos a tener que tirarla a la basura. Eso y que el camión de congelados había llegado el día anterior, solo para que mi madre devolviera el pedido sin más. Era como si, de pronto, a mi madre no le preocupase su negocio de queso. Lo único que le importaba era lo que fuese que estuviese haciendo en su estudio con la grulla. Y fuera lo que fuese aquello, le seguía dejando el cuerpo ensangrentado y a ella llena de suspiros y de una dulzura de lo más empalagosa. Era terrible, pero hice lo que pude para que todos aquellos pensamientos no salieran a la superficie y Michael no me los viese en la cara.

—¿Mamá está bien? —me preguntó, limpiándose la nariz con el dorso de la mano.

—No te preocupes, pequeñajo —le dije, pasándole un brazo por los hombros para darle un apretoncito—. No le pasa nada.

Lo que era mentira, claro.

Algo le pasaba a mi madre.

12

En ocasiones, darse cuenta de algo ocurre de forma paulatina y a trompicones. Un momento de claridad por aquí, un súbito «ajá» por allá. Un golpe en la frente al darte cuenta de algo tan obvio que hasta un crío lo habría sabido descifrar.

Mi primer descubrimiento fue el siguiente: que un hombre, un hombre de verdad, estaba viviendo con nosotros en casa. Además de la grulla. Oía sus pasos en el pasillo por la noche, yendo de aquí para allá después de que mi madre se hubiese ido a dormir. Olía la estela de peste, que se colaba por debajo de la puerta de mi habitación. Había empezado a atascar la silla de mi escritorio bajo el pomo de la puerta cuando me iba a dormir, por si las moscas. En la habitación cerrada con llave de mi madre oía los graznidos de la grulla, luego unos siseos graves de un hombre y, tras ello, el suspiro de mi madre. Una vez, oí lo que en definitiva sonó como un puñetazo en la cara. Y, a la mañana siguiente, mi madre amaneció con un moretón bajo el ojo. Y otro en el hombro. Había intentado cubrirlos con maquillaje, pero yo los había visto de todos modos.

«Me he dado con el pomo de la puerta», se excusaba. «Es que las ovejas me dan cabezazos a veces», mentía.

—¿Quién más está viviendo aquí? —le pregunté una mañana, al notar que la garrafa de leche, que la noche anterior había estado casi a la mitad, había pasado a estar totalmente vacía, y que las últimas cuatro lonchas de mortadela habían desaparecido, así como toda la bandeja de quesos de loncha. Lo normal era que hiciéramos la compra cada sábado: una lista completa cuando todo iba bien, solo lo esencial cuando teníamos que apretarnos el cinturón y, cuando no teníamos ni para pipas, lo que fuera que estuviese de oferta y que no sobrepasara nuestro presupuesto. Llevábamos tanto tiempo así que ya ni siquiera recordaba lo que era que todo fuera bien.

Mi madre se encogió de hombros.

—A veces a una le entra el gusanillo.

—No me has contestado lo que te he preguntado. Sé que no has sido tú quien se lo ha comido. Ni yo. Y Michael se fue temprano a dormir. ¿Quién se ha bebido la leche? ¿Quién se ha acabado la mortadela y el queso? Contaba con eso para hoy, mamá. Y esa... esa *cosa*...

—No te pases —dijo mi madre, con una mirada llena de furia. No le hice caso.

—... solo come bichos y peces y cosas así, mamá. ¿Quién más está viviendo aquí?

Mi madre se apartó con delicadeza sus rizos de los ojos con el dorso de los dedos.

—No sé de qué me hablas —me contestó—. Bajo este techo solo vivimos tú, tu hermano, Padre y yo. Aquí no vive nadie más.

—Él no es mi padre —repuse, cruzándome de brazos.

—Ya veremos —dijo ella.

—Pero, entonces, ¿cómo...? —empecé, solo que entonces mi madre tuvo una idea. Sacó su libreta y se puso a garabatear en ella, con un mohín pensativo y una mirada distante. Sabía que no servía de nada hablar con ella cuando se ponía en ese plan.

—Cariño —dijo, pero no a mí, sino a la grulla, aunque no lo veía por ninguna parte—. Cariño —repitió, en voz más alta, y la grulla soltó un graznido desde el exterior—. Creo... creo que ya lo tengo. —Entonces cerró su libreta y salió muy deprisa de casa. Sin decir nada más, se metieron en el estudio de mi madre y cerraron la puerta a sus espaldas. Salí de casa, sin poder creérmelo, y me quedé mirando el lugar en el que ya no estaba ninguno de los dos. Mi madre. La grulla. Incluso tras su partida, su presencia seguía allí, como la marca que dejaba una mancha tras haberla lavado hacía meses. Las ovejas se quejaron desde su redil. Había que darles de comer, y echaban de menos a mi madre.

—Un segundo —les dije, tratando de sonar tranquila, por mucho que supiese que era algo casi imposible. Mi madre era la que sabía tranquilizar en nuestra familia, no yo. Las ovejas balaron en respuesta.

Agarré un saco de pienso del cobertizo y la manguera para llenar el bebedero. Las ovejas estaban apretujadas en un rincón de su redil. Estaban inquietas y nerviosas. Y llenas de barro, según me di cuenta en aquel momento. Pese a que la noche anterior había llovido, aquello no explicaba de dónde venía todo aquel barro que se les había solidificado en la lana. Les mostré las manos y dejé que me olieran. Una de ellas tembló.

—Hola, Nix —dije, tratando de calmarlas—. Hola, Beverly. Hola, Jean. —Pero ninguna quería calmarse. Vi una pila de plumas en su recinto. Plumas que las ovejas estaban evitando. Les serví la comida y salté la valla para poder ver las plumas más de cerca. Las ovejas chillaron, como para advertirme de que no me acercara. Me arrodillé. No cabía duda de que eran plumas de grulla, aunque esta nunca parecía haberse interesado por las ovejas antes. Además, ¿por qué iba a entrar en el redil solo para mudar las plumas? Las observé con mayor atención.

—*BEEE* —imploró Beverly.

Aparté las plumas, y las ovejas empezaron a calmarse. Al menos un poco. Observé con más atención y me percaté de que, en medio del barro endurecido, había un par de huellas. De hombre.

—*Beee* —dijo Nix, apretando la cabeza contra mis manos para exigir que le prestara atención y le hiciera mimos. Necesitaba consuelo. No cabía duda de que Nix era la que más atención exigía de nuestras ovejas. Con el cuerpo, me apartó de las huellas, como si estas fuesen tóxicas de algún modo. Venenosas.

—Ya, yo también lo creo —acepté, en un murmullo.

13

Lo que fuera que mi madre creía haber descubierto aquel día cuando se dirigió como un bólido a su estudio resultó ser un fiasco. Aquella noche, ambos volvieron a casa de malas, y la frustración que sentían el uno con el otro podía palparse a su alrededor. Las palabras de mi madre se volvieron cortantes e irritadas, y los movimientos de la grulla, abruptos y casi violentos. Ambos estaban hechos de bordes rígidos y puntas afiladas. Durante un rato afortunado, todos los arrumacos se detuvieron, y tuve la absurda esperanza de que aquello significase que la grulla migraría y que nos desharíamos de él, pero no tuvimos tanta suerte.

La grulla se quedó.

Las malas pulgas que se tenían el uno al otro duraron alrededor de una semana, aunque con el paso de los días mi madre se ablandó y engatusó a la grulla para que hiciese lo mismo. Por mucho que aquel pájaro no tuviese nada de blando, los alaridos nocturnos y entusiastas que soltaba en la habitación volvieron poco a poco, muy para mi desgracia.

—¿Cuándo se irá? —me preguntó Michael una mañana mientras desayunábamos. Llevaba días haciendo la misma pregunta. Al principio le había contestado que «pronto», solo que en aquel momento no me quedó de otra que encogerme de hombros.

El encargado del absentismo escolar nos llamó cinco veces aquella semana. Dado que mi madre nunca se tomaba la molestia de bloquear el móvil y solía dejarlo tirado por la casa sin más, fui capaz de encontrar los mensajes que nos había dejado y borrarlos. De todos modos, no creía que fuese importante. Por aquel entonces, a mi madre no le preocupaba demasiado mi educación. Y tampoco le interesaba mantener una conversación con nadie que no fuese la grulla.

Lo único en lo que pensaba era en esa grulla.

Y en las obras de arte que hacía con él.

Obras que no teníamos permiso para ver.

Lo inadecuada que era aquella situación era un peso que me hundía los hombros. Me daba vueltas en el estómago y en el pecho y se hacía un nudo cada vez más y más ajustado, hasta que casi no podía respirar.

El martes siguiente, nos volvimos a quedar sin luz, aunque era demasiado tarde como para llamar a la empresa de suministro, por lo que Michael y yo preparamos la cena a oscuras.

No había nada en la nevera, salvo por un bote de mostaza casi vacío y un frasco grande de pepinillos encurtidos. También había un par de zanahorias ancestrales que prácticamente se habían convertido ya en un montón de nudos. Usé todo lo que había y decidí que era toda una bendición que nada fuese a estropearse en el transcurso de la noche. Rebusqué en la alacena hasta dar con algo que mi hermano y yo pudiésemos comer. Y mi madre, si es que comía. Lo cual dudaba bastante.

Mi madre no vino a cenar con nosotros cuando la llamé. Se había pasado el día en su estudio. Con la grulla. No había salido a hacer sus caminatas de siempre. No se había sentado en su columpio bajo el roble para contemplar los campos. No había atendido a las ovejas (yo había tenido que hacer eso) ni barrido la casa (algo que también había tenido que hacer yo). No había abrazado a Michael cuando había llegado de la escuela, ni lo había llenado de arrumacos ni le había dicho que era su niño preferido. Me había ofrecido a hacerlo yo, pero él me había dicho que no era lo mismo.

—¿Listo para cenar? —le pregunté a mi hermano. Él puso la mesa con unos manteles individuales que encontró por ahí.

Michael y yo nos sentamos en las sillas de plástico que había cerca de las escaleras de atrás. Nos quedamos con la vista clavada en la puerta, a la espera de que mi madre entrara. La luz de las velas titilaba en las ventanas.

Esperamos durante un largo largo rato.

Pese a que el sol se había puesto, la noche seguía siendo bastante calurosa. Oí a mi madre reírse en el granero. Y luego otro ruido más: la grulla quejándose con unos ruidos graves y escandalosos. Cada día sonaba más como un hombre.

O quizás como otra cosa. Había una historia así; mi padre solía contármela.

—Ya no queda mucho, cielo. —Oí que mi madre repetía más de una vez—. Estamos muy cerca.

El estómago de mi hermano soltó un rugido. Ya no podíamos seguir esperándola. Nos llevé la cena hasta nuestras sillas. Michael y yo comimos unos cuencos de judías hervidas y jamón enlatado, con unos pepinillos encurtidos encima y unas cuantas galletitas saladas que ya se habían puesto rancias. Para ayudarnos a tragar, bebimos unos refrescos en polvo que venían en sobre y que tenían tanto tiempo que ya se habían solidificado hasta quedarse como rocas. Como no teníamos azúcar, lo bebimos así de desaborido. Nuestras ovejas se quejaron en su redil. A pesar de que ya les había dado de comer, seguían quejándose, pues echaban de menos a mi madre. Todos lo hacíamos. Michael y las ovejas y yo nos habíamos acostumbrado a clavar la vista en la vieja puerta del granero, a la espera de que saliera de allí.

Finalmente, cuando ya casi se había hecho de noche, los vimos recorrer el jardín. Ella estaba apoyada en él, con la parte superior del cuerpo prácticamente sobre sus alas, y el cuello descansando sobre el del ave. Estaba más delgada que nunca. Sus tejanos le colgaban de los huesos marcados de las caderas. Su andar era ligero y frágil, como el de un pájaro.

Sin ningún aviso, la grulla se apartó, se la sacudió de encima y se dispuso a cazar grillos y ranas entre los hierbajos. Mi madre continuó avanzando por el jardín, sin demasiado equilibro, solo que, a medio camino entre el granero y la puerta de la cocina, se tropezó y terminó dándose de bruces en el suelo.

—¡Mamá! —exclamé, al tiempo que salía por la puerta de la cocina a toda prisa. A la grulla no pareció importarle. Siguió dándole picotazos a la maleza que había en el borde del jardín. Lo único que parecía molestarle era el sonido de los drones que sobrevolaban los campos del otro lado del cerco. Cada vez que estos se acercaban, el pájaro batía las alas y soltaba un alarido. Para entonces, ya casi se le había curado el ala. Cuando las extendía por completo, un lado se curvaba ligeramente hacia abajo, aunque aquello no hacía que fuese menos impresionante.

Mi madre ya se había incorporado sobre las rodillas para cuando llegué hasta ella. Se pasó las manos por la cara y meneó la cabeza.

—No te preocupes, cariño —dijo, distraída—. La verdad es que no sé qué me pasa estos días. —Curvó y estiró la columna, como si de un gato se tratara. Tenía los dedos cubiertos con costras en algunas zonas y con pegamento para cerrarse las heridas en otras. Le salía sangre desde una herida abierta que tenía en la palma. Tenía unas rozaduras en los brazos y unos cortes en los hombros. Cuando se estiró hacia un lado, vi que tenía un corte profundo sobre la cadera izquierda que se había cerrado con puntos y un hilo rosa. Sus ojeras eran muy pronunciadas. Me apoyó ambas manos sobre los hombros mientras se preparaba para impulsarse y ponerse de pie, pero le llevó varios intentos.

—Yo sé perfectamente qué es lo que te pasa —le dije, lanzándole una mirada desdeñosa a la grulla.

—Ojito —dijo ella, poniéndose de pie con dificultad. Le rodeé la cintura con un brazo y la sostuve desde allí.

Era tan ligera que creí que el viento iba a llevársela de un soplido—. ¿Qué diría tu padre si te oyera hablando así?

—Que te digo que no es mi padre.

—Ya veremos —repuso mi madre, con una sonrisita indulgente y adormilada. Las piernas le fallaron por un instante, y se aferró a mí como las vides hacen con los robles. Me pesó lo mismo que un montón de hojas secas.

—Mamá —la llamé, sin emoción en la voz—, tienes que comer algo.

—Ay, tontorrona —me dijo, con una ligera sonrisa—. Si ya tengo...

—El amor no es suficiente, mamá —la corté, sin lugar a reclamos—. Te has hecho daño, y estás débil por el hambre. Por favor, tienes que comer algo. —Ella se tambaleó mientras avanzábamos y no se dignó a mirarme—. Y también tienes que ir a comprar, mamá. Esto no puede seguir así. La alacena está casi vacía. Michael solo tiene seis años, necesita comer bien. Una cucharada de crema de cacahuate no es un desayuno apropiado para un niño en crecimiento.

Aquello pareció despertarla de su estupor, y se le tensó el cuerpo. Cuando me miró, sus ojos eran intensos e inquisitivos.

—¿Mi niño tiene hambre? —preguntó, con una voz que de pronto parecía atenta y desesperada en igual medida.

Pensé cómo responderle.

—Bueno, no en este instante —admití—. Le he dado una cena que dejaba mucho que desear, aunque era comida, así que está lleno. Está bien por el momento, pero pronto tendrá hambre de nuevo. Así que tienes que ir a hacer la compra, mamá. O primero al banco y luego a hacer la compra. Llevas tiempo sin vender nada de nada, y no podemos vivir de... —Le dediqué una mirada mordaz a la grulla—. De lo que sea que ese mentecato cree que puede proporcionarnos. No se puede vivir de amor, mamá. No es posible.

—No seas grosera —me riñó.

—Te estoy diciendo la verdad —repuse, de forma más cortante de lo que quería. Si mi madre hubiese tenido plumas, estas se le habrían erizado. Traté de suavizar mi tono—. A ver —empecé—, hoy hay una reunión importante en una de las tabernas, no recuerdo en cuál. Hay cochazos por todos lados y turistas haciéndole fotos a las cosas más absurdas del mundo. Quizás debería ir a ver si alguien ha estado preguntando por tus obras. O puedo insistirles a quienes contestaron al boletín informativo. A lo mejor alguien quiere ver en lo que has estado trabajando en tu estudio. Ya sabes, tu nuevo proyecto. Si tienes mucho que hacer, puedo encargarme de...

Mi madre soltó un graznido, como si fuese un pájaro, y me apartó las manos de un manotazo.

—*No es para ti* —siseó, antes de echarle un vistazo al granero a sus espaldas—. Y no seas vulgar. No todo está a la venta —dijo, como si la idea le diera asco—. El arte, el de verdad, existe solo para transformar. Y solo es arte de verdad cuando lo consigue. Cuando transforma al artista, a la audiencia, a todos. Lo transaccional que es lo que propones es repugnante. —Volvió la vista hacia la grulla y más allá de él, hacia los campos abiertos y el cielo sin fin. Y luego suspiró.

—Mamá —solté, antes de llevarme los nudillos a los labios por un segundo para intentar frenarme y no decir cosas de las que pudiese arrepentirme—. Lo transaccional que estoy sugiriendo es como te has ganado la vida desde que tengo uso de razón —le dije, clavando la mirada en ella, aunque no pareció reaccionar. ¿Es que no lo entendía?—. Eres artista, mamá. Creas obras de arte y las *vendes*. Es tu trabajo. La gente compra arte, toda la vida lo han hecho. Desde el inicio de los tiempos o así. Quizás desde los romanos o vete a saber. ¿Se puede saber qué te pasa?

Mi madre hizo un mohín con los labios.

—Hay ciertas cosas —empezó a decir— que el dinero no puede comprar.

Aquello eran puras patrañas, claro, así que decidí pasarlo por alto. Ayudé a mi madre a entrar y a sentarse a la mesa, antes de colocarle un cuenco de judías hervidas con jamón en trocitos y pepinillos encurtidos y unas cuantas galletas frente a ella. Se quedó mirando la comida como si nunca en la vida hubiese visto algo semejante.

—Come —le insté. Mi hermano se acomodó en su regazo e intentó darle de comer como si fuese una bebé. Ella sonrió e hizo como que se lo comía, aunque la vi escupirlo en una servilleta. Michael también debió notarlo, pues dejó de intentarlo.

Mi madre posó la mirada sobre una foto antiquísima que había colgada en la pared. Tres parejas alineadas y vestidas para una boda comunitaria. Sonrió, apesadumbrada, mientras se pasaba la esquina de una galleta que no se había comido desde los labios hasta la mejilla. Luego la sostuvo entre los dedos, como si de un cigarro se tratase.

—Mirad qué mona era vuestra bisabuela —dijo, haciendo un ademán con la barbilla para señalar a la fotografía del medio.

Mi bisabuela era una parte de la pareja que se encontraba al centro, y el hombre ceñudo que la aferraba del hombro le doblaba la edad. Se estaba quedando calvo, de hecho. Su rostro, irritado por haberse afeitado hacía poco, estaba enfurruñado en una mueca. Tenía las manos grandes y era muy alto y musculoso, mientras que mi bisabuela era menudita. De complexión delicada. Tenía las mejillas sonrojadas y esbozaba una sonrisa tímida. No tenía ni idea de lo que se le venía encima.

Mi madre no podía apartar la mirada, y se quedó contemplando la foto durante un largo rato. Tenía los ojos oscuros, intensos y brillantes, como si las pupilas se hubieran tragado a los iris. ¿Acaso siempre los había tenido así?

—Era muy guapa —dije, mientras enjuagaba la olla.

Mi madre soltó un suspiro.

—Se quedó lo suficiente como para tener a mi padre y a mi tía. Los crio lo suficiente como para alejarlos del peligro. En aquellos tiempos, en la granja, una madre podía volver a respirar tranquila cuando su hijo cumplía cinco años. Era entonces cuando sabían que era probable que sus retoños siguieran con vida. Una semana después de que mi tía cumpliera cinco años, mi abuela se quedó despierta toda la noche horneando suficiente pan, pasteles de carne y ollas de judías para todos durante al menos dos semanas. Anotó instrucciones para que supieran cómo darles la vuelta a los quesos, cómo preparar los botes de carne curada y cómo conservar la comida del jardín. Cómo hacer que los ratones no se metieran en el contenedor de la harina. Cómo hacer que la masa madre estuviera contenta. Cómo asegurarse de que todos tuviesen qué comer durante el invierno. Y luego salió de casa. Se detuvo un momento para despedirse con la mano, y ¿luego qué? Alzó el vuelo. Así, sin más. —Mi madre se llevó una mano al corazón y otra a los labios, donde depositó un beso que luego le lanzó a la mujer de la fotografía.

Fruncí el ceño.

—Esa no es la versión que oí yo, mamá —le dije—. Oí que se subió a un vagón de un salto y no se bajó hasta llegar a San Francisco, donde vivió unos cuantos años como una adicta y murió en un prostíbulo o en un antro de drogas o en la calle. Seguro que en la calle. —A la gente del pueblo le encantaba contarme lo que creían que sabían sobre mi historia familiar.

Mi madre negó con la cabeza.

—No, eso son chismes y ya —dijo—. A este pueblo siempre le ha gustado inventarse rumores absurdos. En aquellos tiempos nadie se subía a los vagones así. Y San Francisco era muy caro. Además, esa historia es machista hasta decir basta, lo que me hace sospechar de inmediato. Un prostíbulo, claro. —Apoyó la mejilla en una de las manos y mantuvo la vista clavada en la fotografía—. Yo sé lo que pasó de verdad. Mi padre estuvo presente y lo vio. Y nunca pudo olvidarlo. La mujer alzó el vuelo. Era su madre y luego… dejó de serlo. Era un destello blanco que abandonaba

la granja. Con sus plumas y sus alas y todo el tingla-
do. Hacia el cielo infinito. —Bajó la vista hacia el suelo—. Menuda suerte la suya.

14

A quella misma noche, más tarde, cuando Michael ya estaba dormido, salí de casa bajo el cielo lleno de estrellas. Al otro lado del pueblo había una fiesta. Podría haberme tomado la molestia de escabullirme por la ventana de mi habitación, como hacían los demás críos que salían a escondidas, a horas indebidas, y se dirigían hacia un montón de bebida barata, música mala y decisiones peores. Unos críos cuyos padres les revisaban los deberes y los arropaban y se aseguraban de que hubiese algo más que condimentos pasados en la nevera. Críos que no eran como yo. En mi caso, bien podría haber dejado la puerta principal abierta de par en par y mi madre ni se habría percatado de mi ausencia. Mi madre y la grulla estaban sentados a la mesa de la cocina, sin decir nada y con la mirada perdida. Cuando salí hacia el cielo cubierto de estrellas, pasé por su lado y ninguno de los dos se percató de nada.

La verdad era que no era del tipo de chicas que solía ir a fiestas, y nunca le vi ninguna utilidad a hacer migas con nadie en mi instituto. Apenas recuerdo la cara de alguno de ellos. Solo que aquella noche iba a haber una fogata, lo que no sonaba mal, y sabía que iba a haber comida, para acompañar al alcohol barato, y tenía hambre. Eso y que pensé que podría esconderme algo en los bolsillos grandes de mi chaqueta para llevárselo a mi hermano.

Las estrellas brillaban con fuerza, la hierba estaba mojada y los drones de vigilancia zumbaban por los campos. El aire húmedo del día se había condensado en el frío intenso de la noche, y me puse a tiritar dentro de la vieja chaqueta militar de mi padre. Tendría que haberme puesto un jersey también.

Había una multitud de críos en un solar abandonado en el otro lado del pueblo, apretujado entre el antiguo elevador de granos y los restos de un antiquísimo centro de procesado de porcino, el cual había pasado a la historia antes de que mi madre naciera. El solar tenía hierba alta, ya pisoteada por un montón de adolescentes (y unos cuantos adultos raritos que pululaban por ahí). Una fogata relucía en el medio, rodeada de rostros, la mayoría conocidos e iluminados de forma intensa. Los restos de un campamento de sintecho yacía hecho una pila en un rincón. El conglomerado de agricultura había ejercido presión al pueblo para que desalojaran dichos campamentos hacía algunas semanas, pues aquello pasaba a menudo durante la época previa a la siembra. Se excusaban con que lo hacían por motivos de seguridad, aunque todo el mundo sabía que en realidad era un intento para evitar cualquier mala publicidad si uno de los sistemas de arado de sus drones «inteligentes» hacía cachitos a una persona por accidente cuando esta permanecía en los campos. Pese a que se suponía que aquellos arados tenían unos mecanismos automáticos para detenerse si detectaban que había algo vivo y en movimiento en su camino, todos habíamos visto los restos mutilados de coyotes, zorros y pájaros tirados por los campos, por lo que estábamos sobre aviso.

La fiesta era tan aburrida como me había imaginado. Una música entrecortada y sosa retumbaba desde unos altavoces mientras unos críos del equipo de béisbol tiraban petardos (en dirección al viejo elevador de granos y no hacia los campos, pues, si alguno de ellos golpeaba por accidente a uno de los drones del conglomerado, todos estaríamos en aprietos). La fogata era cálida y brillante, aunque, como la madera que habían usado para la leña había sido tratada con algo, el fuego relucía con unos colores extraños y soltaba un humo que hacía que me doliera la cabeza. Me llevé mi bebida hacia el extremo del campo, donde me apoyé en una

lona vieja, algo achispada, y contemplé el brillo de las
estrellas mientras un chico con chaqueta de béisbol se
me arrimaba y recorría la longitud de mi muslo de arriba abajo con los dedos. Hacía frío y él era cálido, así
que mira, por qué no. Pese a que éramos compañeros
en clase de Historia, no tenía ni pajolera idea de cómo
se llamaba. Y, de hecho, aún no lo recuerdo. Estaba bastante segura de que era un nombre de una sola sílaba.
¿Quizás Jack? ¿O Gus? La cuestión es que me apoyó la
frente cerca de la oreja y empezó a contarme cómo él y
sus compañeros de equipo habían capturado algunos
drones y los habían readaptado para usarlos para espiar
a otros equipos de béisbol y descifrar sus secretos. Lo
cual parecía muchísimo trabajo para algo que realmen-
te no importaba. También me contó sobre el avión que
algún día iba a construir para volar por todo el mundo
y siguió parloteando un buen rato. Por mucho que no
lo hubiese alentado a seguir ni tampoco a detenerse,
debo admitir que me resultó reconfortante notar su
presencia húmeda, cálida y sincera cerca de mí, por lo
que no estaba lista para volver a casa aún, sino que
mantuve la vista en los campos. Había más drones de lo
normal, pues no quedaba mucho para el día del arado.
Sus luces sobrevolaban la oscuridad y se movían de adelante hacia atrás una y otra vez mientras devoraban el
mundo con sus ojos.

Me puse a pensar en el hombre que habíamos encontrado en el redil en enero. Aquel que se las había arreglado para hacerse daño con uno de esos drones. Aquel que había dado inicio a los suspiros y a las ensoñaciones de mi madre. Si nunca nos lo hubiésemos encontrado, ¿mi madre se habría enamorado de aquella dichosa grulla? Creía que no. Los drones zumbaron por el aire, y ladeé la cabeza. Siempre sobrevolaban muy por encima de la estatura de un hombre. Y no es que fueran enormes. ¿Cómo era que se había hecho tanto daño? No tenía sentido.

Volví la vista hacia el chico. Para entonces, llevaba unos veinte minutos hablando, y yo no le había prestado atención durante la mayor parte de su perorata.

—Oye —lo llamé.

Creo que fue la primera vez que hablé en voz alta durante toda aquella interacción. Él se sorprendió tanto que apartó la mano de mi muslo.

—Perdona —dijo—. Jolín, lo siento mucho. ¿Te he incomodado?

Hice un ademán para restarle importancia.

—No pasa nada, no me importa. Puedes hacer lo que te plazca, pero quiero preguntarte algo. —Él no recibió mi comentario como una invitación a volver a colocar la mano en mi muslo y pareció algo apesadumbrado por el hecho de que tuviera algo que preguntarle.

Creo que lo que quería era seguir contándome su historia. Pese a ello, seguí hablando—: ¿Todavía tenéis esos drones? Esos que robasteis y readaptasteis.

El chico mantuvo su expresión sorprendida.

—¿Cómo? —Me dedicó una mirada extrañada, como si no se le hubiese pasado por la cabeza que supiese hablar. O de que me hubiese quedado con algo de lo que había estado contándome. ¿Acaso creía que las chicas éramos todas tontas? Era lo más probable—. ¿Los drones? Ah, pues sí. Aún tenemos un par. Hay uno en la furgoneta.

—¿Y tienes tu furgoneta por aquí?

—Sí —contestó, completamente perplejo—. Está por allá. —Señaló hacia el batiburrillo de coches que había al otro lado del solar desierto.

Asentí.

—Vale. —Me incorporé sobre las rodillas y lo tomé de la mano—. Vamos a buscarlo.

Alzó las cejas y se le sonrojaron un poco las mejillas.

—¿Quieres…? Ah. —Tiró de mí para acercarme hacia él—. Ah, ya veo de qué va esto. Quieres… —Se inclinó hacia mí y bajó la voz en un tono sugerente—. ¿Quieres ver cómo es mi furgoneta por dentro? —preguntó, enterrándome el rostro en la curva del cuello.

—No —solté, apartándome. Me puse de pie y le dediqué una sonrisa, brillante, intensa y afilada. Como una estrella—. Para nada. O sea, puedes quedarte dentro de tu furgoneta si quieres. O puedes quedarte aquí. Me da igual. Lo que quiero es el dron. ¿Dónde tienes las llaves?

El chico me condujo hasta su furgoneta, perplejo. Y, cuando me entregó el dron readaptado, pareció más perplejo aún.

—¿Todavía funciona? —quise saber.

—Sí —contestó él—. Hackearlos es sencillísimo. Creo que Horace es quien está a cargo de sus sistemas de seguridad, y se le da fatal. —Me mostró el lugar en el interior del dron que hacía falta mover un poco para interrumpir su conexión con la central. El puerto que había que cortar. Y luego cómo conectarlo a mi móvil para que pudiera navegarlo con mis mapas. Y todo ello nos tomó unos cinco minutos. Mientras examinaba el dron, me pasó una mano por la cintura con una miradita empalagosa y coló los dedos por debajo de mi camiseta.

—Y bueno… —empezó, acercándose un poco. Tenía su aliento en el pelo y me había apoyado una mano con torpeza en uno de mis pechos—. ¿Quieres…? O sea…, ya sabes. Como estamos los dos aquí… y tú eres tan guapa. Tengo una manta en el asiento de atrás. Podríamos… eh, hacer algo. —Hizo un ademán con la mano en dirección a la furgoneta, como un camarero mostrándole a los clientes cuál es su mesa.

—Ni loca —le dije, sin perder la sonrisa—. Pero muchas gracias por el dron, eh... ¿Mark?

—No me llamo Mark —me dijo—. Te he dicho cómo me llamo un millón de veces, ¿de verdad no te acuerdas?

Me llevé el dron al pecho y lo envolví con los brazos.

—Bueno, ha sido un gusto conocerte de nuevo —contesté, y retomé el camino a casa sin mirar atrás.

No me había mentido: reconectar los drones era pan comido, y usarlos era sencillísimo. Imagino que tenía sentido, dado que Horace era quien estaba a cargo de ellos. Me senté en el tejado y lo mandé en distintas misiones mientras observaba a través del visor de mi pantalla lo que el aparato veía. Lo mandé al redil y hacia los límites de la granja.

Luego hacia el estudio de mi madre. Pese a que la puerta estaba cerrada, la ventana no, y las cortinas estaban entreabiertas. Como no podía colarse al interior, hice que la cámara apuntara a través de las rendijas de metal. No podía ver mucha cosa, pero el interior estaba hecho un desastre. Había montones de ropa y restos varios. Una silla rota. Un escritorio cubierto de pintura que se había derramado y unas cuantas plumas salpicadas. Montones de pañuelos de papel usados y bañados en sangre. El tapiz estaba colgado en la pared de al fondo, y no podía verlo bien. Sin embargo, algo en él me produjo escalofríos, aunque no supe por qué.

Redirigí el dron de vuelta a casa, vigilé a las ovejas de nuevo (todo bien por ahí), y luego dejé que se quedara flotando fuera de la habitación de mi madre. Reajusté la cámara.

—Oh —solté, en un susurro.

Mi madre tenía las cortinas abiertas, y la habitación era un caos de plumas. Se acumulaban en pilas en el suelo y dentro del armario. Su tocador antiguo (el cual había sido un regalo de bodas que le habían hecho a alguna bisabuela u otra) estaba cubierto de ellas. Los cajones tenían tantas plumas que era imposible cerrarlos. Mi madre estaba tumbada en la cama, con una sábana envuelta a su alrededor como si fuese un velo, y dormía a pierna suelta. Junto a ella estaba tendido un hombre. Totalmente desnudo. Tenía los brazos y piernas extendidos como si aquella fuese su cama. Le acerqué la cámara a su rostro y vi que era el hombre del redil.

Por supuesto que era él.

Vi la hora. Eran las 02:54 a.m. Observé más de cerca a mi madre. Tenía unos moretones sobre los hombros y por la espalda. Un corte considerable detrás de la oreja. Unos tajos horribles en las piernas. Y todas sus heridas eran fáciles de cubrir. De esconder. Evitaba darle en la cara. Por aquel entonces no sabía que dichas estrategias eran el pan de cada día. Pero ahora sí que lo sé.

Reajusté la posición del dron y contemplé más de cerca el rostro de mi madre. Las mejillas se le hundían cada vez más. Y su pelo parecía muy ralo, como si se le estuviese cayendo por mechones. Con un nudo en la garganta, me di cuenta de que no estaba nada bien. Y fue mientras contemplaba a mi madre que el reloj pasó de las 02:59 a las 03:00. Entonces la cama empezó a temblar, y el hombre ahogó un grito.

Y de pronto:

¡Oh! Un cuello alargado.

¡Oh! La protuberancia en sus labios. De almohadas a pinzas y luego a cuchillas.

¡Oh! La explosión de plumas y garras. Y,

¡Oh! La forma en que los ojos se le agrandaron, cómo se quedaron perplejos y luego furiosos. La forma en que los ojos, verdes como los tallos del maíz, se le volvieron rojos, luego negros y luego intensos. Muy muy intensos. Entonces abrió el pico y desplegó las alas. Su voz pasó del grito agónico de un hombre al graznido aterrado de un ave de un segundo para el otro. Eran algo indivisible. Quizás había sido así desde el inicio. El hombre era la grulla, y la grulla, el hombre.

Mi madre se despertó. Se acurrucó contra la grulla y le colocó las manos en el rostro. La podía ver hablando a toda velocidad, mientras acariciaba las plumas de él con los dedos. Para tranquilizarlo, como si fuese un niño. La grulla se echó atrás, y la punta de su pico se arqueó hacia el techo antes de salir disparada hacia adelante, a toda velocidad y con furia, como un muelle que se ha presionado demasiado. Aquel gesto le dio un fuerte golpe en un lado de la cabeza a mi madre que le abrió un corte en el cuero cabelludo. La vi llevarse las manos hacia la cabeza y hacerse un ovillo para protegerse conforme la grulla se extendía cuan largo era y abandonaba la cama antes de dirigirse a la puerta. Lo vi irse sin mirar atrás.

Ah, me dije a mí misma, una vez conseguí recobrar la calma. *Ya lo entiendo*.

15

¿Y qué hice con aquella información? ¿Qué podía hacer?

Siendo sincera: nada de nada.

No se lo conté a mis profesores.

No se lo conté a la asistente social.

No se lo conté a nadie.

De todos modos, ¿qué iba a decir? Mi familia llevaba contando historias sobre mujeres que se convertían en aves desde antes de que mi madre naciera. Le habían llenado la cabeza a mi madre con ellas, pero no se suponía que nadie se las creyera. Yo no me creía nada, desde luego. Eran historias y nada más. Había otras posibilidades para lo que les podría haber pasado a todas esas mujeres que tenían muchísimo más sentido. Por ejemplo, los rumores incesantes que circulaban por el pueblo sobre las indiscreciones que habían cometido las mujeres de mi familia —madres que habían perdido el sentido de la realidad, del respeto y de los valores, que huían a antros de sexo o de drogas y morían por culpa de cosas que eran demasiado horribles como para nombrarlas—; todo ello parecía mucho más razonable.

Y, aun así…

Nunca le conté a nadie lo que mi madre hacía con su tiempo y a qué le dedicaba su atención. ¿Por qué iba a hacerlo? No le incumbía a nadie más que a nosotros. Tampoco le conté a nadie que era yo quien me encargaba de mi hermano menor; que era yo quien le daba de comer, lo bañaba, lo vestía y le daba la medicina cuando se enfermaba. Era una cuestión de familia, a fin de cuentas. Nunca le conté a nadie que era yo quien preparaba la cena y se encargaba de la contabilidad y se aseguraba de que los compradores pagasen lo que nos debían. Que era yo quien llamaba a la empresa de luz y les rogaba que no nos la cortasen. Nunca le conté a nadie sobre los desconocidos que entraban y salían de casa. Sobre las cosas que hacían. La grulla no fue el primero en dejar a mi madre con golpes y heridas. Solo fue el único que se quedó el tiempo suficiente como para lastimarla tanto.

Mi madre se acostaba con una grulla que en ocasiones era un hombre. O con un hombre que en ocasiones era una grulla. Mi madre se acostaba con alguien que la golpeaba. Ambas cosas parecían demasiado horribles —demasiado incorrectas— como para hablar sobre ellas.

De modo que, ¿a quién podía contárselo? No tenía a nadie. Así que no abrí la boca.

En lugar de eso, hice lo que siempre hacía: me encargué de Michael. Lo felicité por su desempeño escolar, lo llevé a caminar por la carretera y, en ocasiones, fuimos a buscar ranas (aunque no para llevarlas a casa, claro, pues era demasiado peligroso para las pobres criaturas). Hacía dibujos con él y le cantaba canciones y, a veces, él me ayudaba con las ovejas. Pero estaba demasiado delgado. Pesaba demasiado poco. Mamá necesitaba ganar dinero. Necesitábamos hacer la compra. Solo que tampoco sabía cómo pedirlo. ¿Y si volvía la asistente social? ¿Y si no le gustaba lo que veía? ¿Y si alguien se llevaba a Michael? ¿Qué podría hacer entonces?

Seguí haciendo volar al dron por las noches. Seguí vigilando. Intenté usarlo para ver lo que mi madre y la grulla hacían durante horas y horas dentro de su estudio, pero ella mantenía las cortinas echadas y la puerta cerrada con llave. Lo único que podía ver era sus sombras por la noche, cuando tenían las lámparas encendidas y el cielo se tornaba oscuro. Solo podía ver la silueta de mi madre en el telar o a los dos bailando y bailando por doquier. No entendía nada. Y no lo hice hasta que fue demasiado tarde.

Hice que el dron aterrizara sobre el tejado del granero, con el morro y su cámara principal apuntando hacia el jardín. Tenía vídeos de la grulla como hombre paseándose por la noche, siempre desnudo. Atormentaba a las ovejas y arrancaba ranas del estanque para luego devorarlas enteras. Se tumbaba en la hierba y se quedaba mirando el cielo. No sabía qué quería y no me importaba. Lo único que quería era que se marchara.

Transcurrió una semana, y yo apunté cosas, hice diagramas e incluso un gráfico. Intenté ocultarle todo aquello a mi hermano, quien me seguía de un lado para otro con sus ojazos muy abiertos y serios. Hice lo que pude para darle de comer bien. Hice lo que pude para mantener la casa limpia y ordenada por si la asistente social volvía a presentarse por ahí. Si bien no podía proteger a mi madre de la grulla y no estaba del todo segura de si podría protegerme a mí misma, de lo que sí estaba convencida era de que iba a proteger a Michael. La grulla no iba a tocarlo. Usaba mi cuerpo de escudo para cubrir a mi hermano y sacarlo de cualquier estancia cuando la grulla se paseaba por la casa, siempre entre ambos, como una pared.

Una noche, mi madre se llevó a Michael de la mano y ambos se fueron al piso de arriba a leer cuentos. Yo me quedé en la cocina lavando los platos.

Tras un rato, la grulla entró. Pese a que había terminado deshaciéndose de los zapatos, aún llevaba las gafas y el sombrero. Se pavoneó por el salón y se detuvo en la cocina, donde se acomodó las plumas mientras me miraba de arriba abajo. Yo no le hice caso aposta y volví mi atención sobre el agua jabonosa, para disfrutar un momento del calor y de las burbujas. Podía notar la mirada fija de la grulla clavada en la parte de atrás de mi cuerpo, como si fuesen agujas que me pinchaban la piel. Giré ligeramente el rostro para que pudiera ver mi ceño fruncido, y por el rabillo del ojo vi a un hombre.

A *ese* hombre.

Pegué un bote.

Solté un grito.

Y agarré la sartén que tenía más cerca, me di la vuelta y la alcé por encima de la cabeza como si fuese un machete.

Solo que no era un hombre. Era la grulla. Meneé la cabeza y parpadeé un par de veces. Volvía a ser el hombre. No, era la grulla, no había dudas. Cambiaba una y otra vez: hombre y no hombre; grulla y no grulla. No se movía salvo para cambiar de un estado a otro. ¿Lo estaría disfrutando? Parecía que sí. Sonreía y mostraba los dientes que le faltaban. Con el pánico retumbándome en el pecho, solté el aire que había inhalado en un suave suspiro. Cerré los ojos con fuerza durante un segundo o dos y, cuando los volví a abrir, la grulla se encontraba en el mismo lugar de antes, en su forma de grulla. Como si me estuviese retando a decir algo. Las grullas tienen

pico y no pueden esbozar sonrisitas sardónicas. Y, aun
así, esta parecía hacerlo. Me dedicó una mirada lasciva y
me recorrió el cuerpo de arriba abajo con los ojos.

—Lárgate de mi casa —siseé.

El pájaro soltó un graznido sugerente.

—No quiero que vivas aquí —le dije, con más intención. Agarré un trapo de cocina mojado y se lo lancé a
la cara. Este se quedó allí, mojado y goteando, mientras
colgaba de su pico cruel. Y él ni siquiera parpadeó. Aunque no dijo nada ni soltó ni un graznido, pude oír su si-
lencioso «Cariño, no pienso irme a ningún lado», como
si me lo hubiese gritado a la cara.

Di media vuelta, abandoné los platos en el fregadero
y me fui a mi habitación. Abrí la ventana de un solo movimiento y salí a rastras hacia el tejado para tumbarme
sobre una de las pendientes y contemplar la puesta de
sol sobre los campos. Los drones zumbaban, los arados
retumbaban y las ovejas se quejaban mientras las aves
rodeaban los límites de los cultivos volando muy alto
para evitar a los vigilantes mecánicos que se movían de
adelante hacia atrás, de adelante hacia atrás.

Entonces comprendí que no podía seguir esperando
a que la grulla se marchara por su propia ala. Si quería
deshacerme de él, iba a tener que hacerlo yo misma.

16

De la noche a la mañana, mi instituto se volvió una cacofonía de parafernalia del baile de fin de curso. Carteles y adornos y guirnaldas y unas invitaciones en público de lo más insufribles. Organizaron rutinas de baile y espectáculos a capela e incluso un desfile de drones diminutos que llevaba cada uno una rosa (a ese crío lo expulsaron, porque estaba permitido el uso de drones en los campos, mas no dentro del instituto).

El chico de la fiesta (¿Mark? ¿Alex? ¿Randy? ¿Gus? No me acordaba; una hora después de la fiesta ya se me había olvidado) me pidió que fuera con él al baile en plena cantina, mientras sus compañeros de equipo se arrodillaban, chasqueaban los dedos y tarareaban una canción de *West Side Story*, lo cual me pareció de lo más inoportuno.

—¿Tenía que ser en público? —le pregunté, echándole un vistazo a cada rostro que tenía la atención clavada en mí. Porque sabían quién era. Y quién era mi madre. No era el tipo de chica a la que los chicos buenos invitaban al baile. Nadie de mi familia lo era. Los espectadores de las mesas de la cantina se me quedaron mirando con ojos entrecerrados. Brazos cruzados. Labios apretados. *¿Quién se cree que es?* Aunque nadie lo dijo, parecían gritarlo con la expresión de todos modos. Una chica puso los ojos en blanco. Yo volví mi atención hacia el chico. Lo que tenía que hacer no iba a ser agradable, y me dio un poco de pena. Era un chico lo bastante decente, con esa miradita suya tan empalagosa. Suspiré y meneé la cabeza.

»A ver —solté—. Si lo quieres en público, pues tú mismo. No. No quiero ir al baile contigo. La verdad, me sorprende que pensaras que te iba a decir que sí. ¿No te parece que hubiese sido mejor en privado?

Él se puso de pie, se sacudió el polvo de las rodillas, me llamó puta, al igual que dos de sus amigos, y a mí me entró por un oído y me salió por el otro. Seguro que otras personas me llamaban cosas peores a mis espaldas. Ya me habían preguntado otros tres, menos en público, si quería ir con ellos, y mi respuesta había sido la misma. No sé qué habían estado esperando. No era de las que solían asistir a bailes.

Más tarde aquel mismo día, mi profesor de mates me dijo que debía ir al despacho del director.

—¿Para qué? —pregunté. En realidad, no me importaba demasiado, pues aquello quería decir que podía salir de clase. Para entonces, ya me había colgado la mochila en un hombro y estaba en proceso de dirigirme hacia la puerta. Mi curiosidad era algo más instintivo que otra cosa.

El profesor se encogió de hombros y empezó a repartir la prueba que habíamos dado el día anterior. Aproveché el momento para pirarme, de modo que no tuviese que ver la nota que me había puesto. No tenía esperanzas de haber aprobado.

Cuando llegué al despacho, la secretaria me indicó la sala de atrás, donde el director se encontraba con la asistente social que había ido a casa. Seguía llevando el pelo recogido en lo alto de la cabeza en una montañita muy mona y las gafas con las luces verdes que brillaban en los extremos. Me sonrió.

—Debo informarte de que estoy grabando esta interacción —dijo, contenta y directa al meollo.

—Ya lo sé —contesté, pasando la mirada de uno a otro—. No tiene que decírmelo cada vez que nos vemos. Ya sé por qué lleva esas gafas.

El director era un hombre hosco que siempre llevaba unos jerséis gruesos, incluso cuando hacía calor. No me miró, sino que pareció dedicarle su atención por completo a arrancarse las cutículas. Solía decirles a los alumnos que el objetivo de aquella escuela era ayudar a aquellos que decidían ayudarse a sí mismos. Era obvio que yo no era una de aquellas a las que se tomaba la molestia de ayudar, dado que estaba claro que yo no intentaba ayudarme a mí misma. Pasó al siguiente dedo, como si no tuviese nada que decir.

La asistente social abrió su carpeta.

—Se suponía que tu madre tenía que asistir a esta reunión. La llamé, le envié correos electrónicos y cartas, pero ha decidido que lo mejor era no venir.

—Es una mujer muy ocupada. —Me encogí de hombros.

La asistente social me miró a los ojos en un gesto intenso e insistente.

—¿Ah, sí? ¿Ocupada haciendo qué?

Bajé la vista hacia la mesa.

—Ya sabe... —murmuré—, así son los artistas... —Dejé la frase sin terminar.

—Ya —dijo ella, despacio—. Los artistas.

Mantuve la vista clavada en mis manos.

Nos quedamos en silencio durante algunos segundos. El *tic tac* del reloj de pared resonaba por todo lo alto. Desde algún lugar en un pasillo cercano, dos críos gritaron y soltaron algunos gruñidos. Se produjo el sonido característico de cuando un puño impacta contra una cara, siempre más alto de lo que uno imagina, y me hizo dar un respingo.

La asistente social se aclaró la garganta.

—Y parece que Bruce también se ha pasado por allí desde la última vez que nos vimos.

Aquello me sorprendió, y alcé la cabeza de pronto.

—¿Cómo dice? —le pregunté.

La mujer se mantuvo ocupada con sus documentos, para disimular.

—Ah, ya sabes —empezó—. Me gusta estar al tanto del arte del pueblo, así que me suscribí a su boletín informativo.

Era yo quien escribía dicho boletín, claro. Lo normal era que enviara uno o dos al año a nuestros suscriptores, cuando mi madre estaba a puertas de vender alguna obra. Solo que últimamente había estado entrando en pánico debido a la falta de ingresos de mi madre, de modo que había enviado dos correos seguidos para conseguir que algunos posibles clientes se interesaran y, con suerte, comenzaran una guerra de pujas. No obstante, no había visto la obra aún, sino tan solo unos cuantos vistazos. Por tanto, había usado el lenguaje más hiperbólico y extravagante que se me había ocurrido. El tapiz era una maravilla de lo más compleja, según lo que había escrito, una reevaluación portentosa tanto del tiempo como del espacio, un contraargumento enigmático de lo mundano. Describí cómo hacía que las monjas lanzaran sus rosarios a la basura y que los delincuentes más descarados creyeran en Dios. Era la intersección entre el ser y el no ser, entre el saber y el no saber, una travesía infinita hacia las fauces del universo. Y demás paparruchadas que ya ni recuerdo. Al final le di a *enviar* y ya. Y a los suscriptores les encantó. La gente contestó con halagos sinceros y unos emojis ridículos con dibujitos de felicitación. Me llegaron doce ofertas para comprar la obra sin haberla visto, a unos precios que me dejaron patidifusa. Y, aunque se lo mostré a mi madre, a ella le importó un comino.

—Ah —dije, aún sin alzar la mirada mientras procuraba que el sonrojo que me había inundado el cuello y las mejillas desapareciera—. Eso es... está muy bien, sí. Creo... Eh... Creo que no sabía que había escrito un boletín. —Tragué en seco—. Ay, este Bruce —solté, en un hilo de voz.

La expresión de la asistente social no cambió ni un ápice.

—Ajá —dijo ella, para seguirme la corriente—. Mira, la tengo aquí. —La abrió en su tablet, pero, en lugar de mostrármela, se desplazó hacia abajo como si fuese el fragmento de literatura más interesante que hubiese visto en su vida.

—¿Algo interesante? —me las arreglé para preguntar.

La mujer ladeó la cabeza y me dedicó una mirada significativa, pero lo dejó pasar.

—Bruce subió fotos de las ovejas, aunque una parece algo enfermita, la pobre. Tu madre debería llamar al veterinario. Y mira esta de aquí. Es una foto antigua de tu madre en su telar; la reconocí de un boletín de hace unos años. No vi nada nuevo sobre ella, de hecho. Ni sobre ti. Sí que hay varias de tu hermano, eso sí. En esta está pintando en el granero, y aquí trepando un árbol, lo que es claramente todo un peligro. En esta se mete en un estanque sin que parezca que haya ningún adulto que lo supervise, algo que me preocupa bastante. Y allí, cerca del granero, está ese pájaro que no sé cómo es tan grande. En lo que a mí respecta, culpo a los pesticidas que rocían sobre todos esos campos. ¿Estás segura de que no es peligroso tener un pajarraco así de grande cerca de un niño tan pequeño? —Apagó la pantalla de su tablet y la dejó sobre la mesa—. Está claro que a Bruce le gusta mucho hacerle fotos a tu hermano, ¿verdad? Creo que tenemos que hablar de eso, querida. ¿Quién es exactamente? Si es un trabajador, seguro que tu madre revisó sus antecedentes, ¿no? Dado que iba a estar en contacto con sus hijos. Con los dos. ¿Suele ir a veros muy seguido?

—La verdad es que no. Se pasó por casa para traernos... materiales. Ya sabe, cosas de arte. Y para recoger su paga, porque es un trabajador, claro.

—¿Ah, sí? ¿Estás segura? No me aparece registrado. Tenemos los registros económicos de tu madre y...

—Ay, perdone. Trabaja como voluntario. —Sonreí—. Y, pues... también eh... curra donde puede de vez en cuando. Mi madre le paga en efectivo porque odia los bancos. —Aquello también era cierto en el caso de mi madre.

La asistente social soltó un largo suspiro. Apoyó la frente durante algunos segundos sobre las puntas de los dedos y luego entrelazó las manos.

—Mira —dijo—. El condado quiere evitar a toda costa que haya absentismo escolar entre la juventud. Si estuvieses a punto de graduarte, en ese caso se asumiría que eres una causa perdida y fin de la historia. El gobierno no se involucraría. Pero no es tu caso. Tienes quince años, así que por supuesto que nos preocupa. —Cerró su carpeta—. A mí me preocupa.

El director seguía sin pronunciar ni media palabra. Estaba revisando su móvil y cada cierto tiempo soltaba una risita disimulada.

La asistente social se aclaró la garganta, se quitó las gafas y me miró a la cara.

—Cuando los padres no contestan las llamadas ni responden a múltiples intentos para ponernos en contacto con ellos, nos preocupamos. En eso incluyo las visitas en casa, a plena luz del día, por cierto, por lo que estoy segura de que me vio allí plantada, por mucho que no tenga ni idea de qué estaba haciendo en ese granero, aunque no me hizo ni pizca de gracia. Desde la última vez que hablamos te has saltado seis clases más.

—No han sido seis —repuse—. Mis profesores están mintiendo. —Sí que habían sido seis. De hecho, probablemente habrían sido diez como mínimo, solo que mi profesor de Arte no era muy bueno pasando lista.

—Ese último comentario me ofende —soltó el director, aún sin alzar la mirada, sino que mantuvo la vista clavada en su móvil, perdiendo el tiempo. Entonces le echó un vistazo al reloj y añadió—: Perdonadme, señoritas, pero tengo que contestar esta llamada. —Se puso de pie y salió del despacho. Se llevó su móvil, el cual no había sonado, a la oreja—. ¿Hola? —dijo, a nadie en particular, y cerró la puerta a sus espaldas.

—Creo que tus profesores no están mintiendo —dijo la mujer de pronto, antes de guardar la carpeta en su bolso—. Y creo que tampoco me mienten cuando dicen que eres una jovencita muy lista y capaz y que simplemente te ha tocado una vida difícil. Que podrías tener un futuro increíble si tan solo lo quisieras.

—Mi vida no tiene nada de malo. —Me crucé de brazos, pues ya no quería mirarla ni que ella me mirara a mí—. Y mi futuro será lo que tenga que ser. No es como si la gente pudiese predecir lo que va a pasar. —Sabía que me estaba comportando como una adolescente berrinchuda. Lo sabía a la perfección, pero no me importaba.

La asistente social soltó un suspiro.

—Bueno, parece que al señor Patterson no le interesa volver a la reunión, así que debemos darla por terminada. Hay que seguir las reglas. —Se puso de pie y abrió la puerta, de modo que su silueta fuera visible para cualquiera que pasara por allí. Se detuvo un momento, como si estuviese pensando en algo que quería agregar—. Voy a decirte algo más, y quiero que me escuches con atención porque es importante: si algo está pasando en casa y sientes que las cosas no están bien, que no estáis a salvo, que alguien está poniendo a los demás en peligro, estás en la obligación de decirlo. —Hizo una pausa, con una mirada muy seria—. ¿Entiendes lo que te digo? Tienes una obligación. No estás obligada a resolverlo; de hecho, no puedes hacerlo. Eres una niña, no puedes resolver nada por ti misma. Sin embargo, hay procesos designados para resolver este tipo de situaciones. Y tú puedes ser quien ponga estos procesos en marcha. La chispa que enciende el motor. O puedes quedarte de brazos cruzados y ser la víctima. Eres tú quien lo decide. ¿Me explico?

Me la quedé mirando. Sabía lo que les pasaba a los críos cuando el gobierno se hacía cargo. Y sabía que, si aquello sucedía, sería imposible que Michael y yo nos quedásemos juntos. ¿Cómo iba a poder ser de otro modo? Un niño de seis años, mono y de ojos grandes, lo tendría muchísimo más fácil para encontrar una familia si no tenía que arrastrar el peso de su hermana mayor con predisposición a saltarse las clases. No era tonta, sabía cómo funcionaban esas cosas.

Tenía que hacerme cargo de Michael. Era mi trabajo.

Y también de mi madre, pues se lo había prometido a papá.

¿Qué sería de mí si no los tenía a ellos?

—Lo entiendo —contesté, e intenté decirlo con amabilidad. Creo que lo conseguí—. Y le agradezco su ayuda, de verdad.

Le sonreí a la cámara.

La asistente social asintió, se dio media vuelta y abandonó el despacho.

17

Era un asunto delicado, por supuesto. Con distintos mecanismos en movimiento. Cada acción tiene una reacción, y, si no estás preparado para ello, esta puede terminar lanzándote de espaldas y deshaciendo todo lo que habías intentado poner en marcha. O hacer que las cosas vayan de Guatemala a Guatepeor.

O a algún otro lugar.

A veces es difícil distinguir las diferencias.

Conocí a varios críos que se habían visto envueltos en las zarpas solícitas y bienintencionadas, aunque sin duda exageradas, de los servicios sociales de nuestro pueblo. Hermanos que se separaban. Padres que quedaban descarriados tras perder a sus hijos y terminaban tomando peores decisiones que las que los habían metido en aquellos líos en primer lugar.

De lo que estaba segura era de que mi madre y mi hermano me necesitaban. Y de que yo los necesitaba a ambos. Aquellas dos verdades eran irrefutables y muy obvias. Sabía que aquella granja era nuestra y que siempre lo había sido. Y tenía que seguir siendo así. Cada fotografía con sus generaciones que habían pasado a la historia hacía muchísimo tiempo era testigo de ello, con sus hombres de rostro serio y todo. Sabía que mi madre tenía que dedicarse a sus obras de arte y que Michael la necesitaba. Aquellos eran los hilos que nos mantenían a todos con los pies en la tierra. Y, si uno se rompía, íbamos a terminar flotando en dirección al vacío que era el espacio. No sé cómo lo sabía, pero estaba convencida de ello.

Recordé la ferviente creencia de mi madre de que a las mujeres de la granja les brotaban alas y se iban volando. Si aquello era cierto (aunque yo no estaba del todo segura), ¿qué había causado algo así? Me dijo que esperaban hasta que sus hijos cumplieran cinco años y estuvieran fuera de peligro, y entonces era cuando se alejaban volando de la granja. De nuestro hogar. Solo que, cuando yo había tenido cinco años, mi padre se había enfermado. Y no había mejorado. Y cuando Michael cumplió los cinco años, mi padre ya había muerto y no había nadie que se encargase de nosotros. ¿Sería por eso que mi madre se había quedado? ¿O sería la propia granja lo que hacía que las madres cambiaran? Esa era una teoría bastante interesante, pues la granja no era nuestra.

Ya no, al menos. Ninguna persona era dueña de la granja. Nadie caminaba por sus terrenos. La granja le pertenecía a las máquinas y a los accionistas. Ya nadie la quería, nadie estaba atado a ella. Lo único que la sobrevolaba eran los drones con sus fríos ojos eléctricos. No había nada de lo que alejarse volando. Ni plumas, ni alas. Solo el recuerdo de cómo había sido la granja: un lugar que podíamos ver, mas no tocar. Quizás era por eso por lo que no podía irse volando.

Meneé la cabeza. No tenía sentido. Nadie se iba a ir volando, salvo quizás la grulla esa.

Solo que había detalles que coordinar primero.

Me senté en mi habitación y escuché a mi madre cantarle a Michael. Su voz era frágil y leve como la hierba en invierno. Mi hermano le pidió que cantara otra canción y luego otra más. Cuando se acabaron las canciones, supe que Michael se había dormido. Traté de oír sus pisadas al alejarse por el pasillo, pero eso me costó más, pues había perdido muchísimo peso. Era la sombra de lo que solía ser, por lo que casi no hacía ningún sonido sobre los tablones del suelo. Oí el sonido de un cuerpo al estamparse contra la pared, y a mi madre ahogar un grito. Luego, una risita nerviosa.

—Estoy en ello. Te juro que estoy en ello —dijo mi madre.

El sonido de un arañazo y, tras ello, un golpe seco.

—Cariño, tengo tantas ganas como tú. Seguro que lo sabes, ¿no?

El sonido de una bofetada. Un sollozo leve.

—Creo que mañana. —Las palabras de mi madre sonaban ahogadas, como si las estuviese pronunciando contra una mano—. Mañana sabremos si voy por buen camino. Y entonces seguiré las puntadas y el hilo. Como siempre. Tengo un buen presentimiento. Quiere cobrar forma, ¿sabes?

Otra voz soltó un gruñido, un «mmm» grave. Le eché un vistazo al reloj y vi que era medianoche. Se había convertido en hombre de nuevo. Me lo imaginé alzándola en brazos, y a ella envolviéndole el cuello en un abrazo. Acariciándole la mejilla con la nariz. La sangre en su barba incipiente. En su cabello. Cómo la llevaba hacia la habitación y cerraba la puerta con el talón. Cómo la lanzaba hacia la cama con un jadeo en voz baja.

Durante un rato, al menos, no iban a estar pensando en la obra que había en el estudio de mi madre.

Pero yo sí.

Me puse de pie y salí de mi habitación a hurtadillas. Recorrí el pasillo de puntillas y me dirigí hacia el jardín. Mi madre soltó un gemido, y la grulla, un gruñido. O el hombre, bueno. ¿Acaso no seguía siendo una grulla cuando se convertía en hombre? ¿Y cuando era grulla, no seguía siendo hombre? No importaba. No le quedaba mucho tiempo.

No iba a poder usar el dron, pues las ventanas estaban cerradas y las persianas, echadas. Aunque sí que podía usar mi cámara. Y también tenía algunas herramientas en una caja que llevaba mucho tiempo sin usar.

Me dirigí hacia el granero. Por suerte, pese a que las ovejas me vieron, no abrieron la boca. Llevaban cierto tiempo sin hacer mayor ruido; parecían tristonas, letárgicas y deprimidas. Inapetentes. No sabía cuánto tiempo más podrían seguir así. Sobre todo Nix. Era demasiado vieja como para estar sometida a tanto estrés.

Cuando llegué a la puerta del estudio, dejé la caja de herramientas en el suelo y me arrodillé a su lado.

Y entonces empecé a forzar la cerradura.

Aunque me llevó más tiempo del que recordaba, por fin pude obligar a las horquillas a que encajaran en su sitio y desengancharan el muelle. Este se soltó con un chasquido satisfactorio que hizo que la cabeza me diera vueltas. Empujé la puerta para abrirla.

—Oh —susurré, llevándome las manos al corazón. Me quedé sin aliento, sin respiración, y la voz se me quedó atascada en la garganta, como si el alma se me estuviese escapando del cuerpo mediante suspiros. Di un paso hacia el interior del estudio, sin saber dónde mirar primero. Caí de rodillas, sobrepasada y rodeada por toda la belleza brutal y despiadada de mi madre—. Vaya.

Saqué el móvil y me puse a hacer fotos.

18

El día que mi padre murió, me senté en el estudio de mi madre y me negué a salir. Ella aporreó la puerta durante lo que me pareció muchísimo tiempo, aunque lo más seguro es que solo fuera un minuto o dos. Después de un rato se detuvo, pues se quejó de que le dolía la mano.

—Voy a ir a sentarme con papá —dijo, desde detrás de la puerta—. Con su cuerpo. Michael, papá y yo. Todos juntos. Deberías darte prisa. Vendrán más personas, seguramente pronto. Este pueblo está lleno de buitres, cariño. Pero no los dejaré pasar hasta que vengas. Tienes que ir y sentarte con él, tesoro. Tienes que acompañar a papá esta última vez. Es importante. Si pierdes esta oportunidad, te arrepentirás mucho.

Estaba sentada en el centro de la estancia. Tenía su escritorio a mi izquierda y el telar a la derecha. Había una rueca enrevesada en un rincón, y yo estaba sentada en el suelo con las piernas cruzadas. Un cesto lleno de madejas de hilo se había caído y había vertido todo su contenido a mis pies. Por aquel entonces, no comprendía lo que mi madre hacía. Sabía que dibujaba. Sabía que convertía la lana de las ovejas en hilo. Y sabía que reunía las ideas que tenía en la cabeza, los sentimientos de su corazón y el hilo de las madejas y los convertía en una historia enorme que colgaba del techo y se derramaba por toda la pared más ancha hasta el suelo.

Mi padre me había contado que las tejedoras podían hacer magia.

Mi madre no podía hacer magia.

Aun con todo, aquel procedimiento sí que parecía algo mágico.

Le eché un vistazo a los dibujos de mi madre. Había tantos sobre el escritorio que se juntaban entre ellos y formaban pilas que se caían hacia el suelo como si fuesen hojas secas. Había figuras en sus dibujos que tenían la misma apariencia que Michael y yo: iban en botes hechos de flores o trepaban por unos tallos de maíz gigantescos o perseguían unas ovejas voladoras. También había un dibujo de mi padre. Estaba medio enterrado en el suelo, con los brazos estirados hacia arriba y se aferraba a un ave que estaba desesperada por salir volando. La expresión de mi padre estaba llena de pánico y de súplica, un rostro apenado y anhelante. Observé al ave y vi su pico muy abierto y su único ojo lleno de furia y angustia.

Me dirigí hacia la tela que colgaba del techo. Era muy grande y confusa y no estaba acabada. Vi a los niños en sus botes de flores flotando por un río lleno de basura (con basura de verdad tejida en el tapiz). Vi los inicios del ave, hecha de plumas de verdad que había hilvanado en la tela. La silueta del hombre solo tenía su contorno delineado, en aquel momento con tiza blanca. A un lado, sobre otra mesa de trabajo, se encontraba la figura de un hombre hecha de retales y cubierta de botones. Era obvio que mi madre no había acabado.

Mi padre me había contado historias sobre tejedoras que entretejían el mundo e hilvanaban infortunios y tiraban de los hilos para cambiar el destino de una persona. ¿Acaso habría un hilo del que pudiese tirar para evitar que mi padre muriera? ¿Habría un retal que pudiese coser para evitar que mi madre se marchara? Me quedé mirando el tapiz durante un largo rato hasta que me acabé dando por vencida.

No había ninguna respuesta que encontrar.

Abrí la puerta y me fui a sentar junto a mi madre y mi hermano. Y sostuve la mano de mi padre mientras esta poco a poco se iba enfriando.

19

Mi padre me había dado sus herramientas antes de morir. Herramientas de carpintería o de maquinaria o para arreglar cosas en general. Herramientas específicas para el ordenador. Para forzar cerraduras. Agujas curvas para arreglar el tapizado. Un cuchillo excelente para esculpir. Una escopeta con un objetivo indeterminado.

—¿Y esto para qué es? —le pregunté.

—Por si las moscas —contestó mi padre, muy serio, mientras me la depositaba sobre las manos, aunque yo no comprendía qué moscas podrían ser esas.

Me explicó cómo escribir una carta como una adulta y a crear una página web muy sencilla. Cómo funcionaban los libros de contabilidad y a arreglar una aspiradora. También cómo cambiar los protectores contra tormentas de las ventanas por las mosquiteras normales. Me otorgó la habilidad de las matemáticas y la de comprender cómo llevar las cuentas del hogar y de simplemente saber cómo funcionaba el dinero. Me puse la caja de herramientas bajo un brazo.

—Algún día comprenderás que cada problema tiene una herramienta que puede solucionarlo, por complicado que parezca —me había dicho mi padre—. Tu madre no lo entiende, por lo que a veces tendrás que hacerte cargo tú de las cosas por ella. Tienes que asegurarte de que sabes dónde están tus herramientas.

—Vale, papá —le dije.

—Tu madre no entiende todo esto —me dijo él, con un tono suplicante—. Siempre ha sido así. Es artista. Apenas tiene los pies en el suelo. He sido yo quien se ha asegurado de que no se vaya volando. Y ahora tienes que hacerlo tú. Eres muy pequeña y no es justo, pero así es la vida.

Tenía razón; no era nada justo. Solo que por aquel entonces no lo sabía, y, mientras cargaba con la escopeta desde el sótano y abría su caja sobre mi cama, tampoco lo comprendía del todo. Ahora sí que lo sé. Aunque ya es demasiado tarde como para intentar arreglar las cosas.

En mi habitación, cargué con cuidado la escopeta y la escondí en mi armario. Luego me senté a mi escritorio, pasé las fotos que había tomado del tapiz al portátil que me había asignado el instituto y creé un nuevo apartado en la página web de mi madre. El tapiz era demasiado grande como para capturarlo entero en una sola imagen, por lo que no había forma de transmitir su tamaño real. De modo que usé frases como «una experiencia de 360° totalmente inmersiva» y «una historia multidimensional» y «una desoladora exploración sobre mujeres hechas pedazos, sobre comunidades hechas pedazos y sobre un mundo hecho pedazos». Usé palabras como «revelador», «cautivador» y «trascendente». Pero ninguna de ellas le hacía justicia a la obra. Subí las fotos de los detalles más pequeños.

Unos hombres mecánicos que marchaban por un campo verde y lo dejaban todo destruido a su paso.

Un hombre cerrando el puño alrededor del cuello de una mujer.

Una casa hecha de pétalos de flores.

Otra hecha de trigo.

Y otra más hecha del hilo que se descosía de la mantita de un bebé.

Otro hombre que parecía estar hecho por completo de puntadas de luz.

Un conejo, hecho de tiras de pelo de verdad (lo cual me recordó de inmediato a Ricitos de Oro y Kublai Khan, pobrecitos ellos), con piernas musculosas, unas orejas largas y delicadas y una naricita curiosa, que saltaba directo hacia un fuego que parecía arder de verdad.

No mostré la imagen central. Ni siquiera me pude obligar a hacerle la foto, pues incluso pensar en ella me ponía los pelos de punta. Una mujer que era un ave que era una mujer. Un hombre que era una grulla que era un hombre. Cambiaban una y otra vez. Se hacían tan grandes como la habitación entera. Y tan pequeños que podrían haber cabido en la palma de una mano. Estaban en el jardín, bajo un árbol. Y, mientras los contemplaba, me dio la sensación de que estaba cubierta de plumas. Mientras los observaba, sentí que me crecían alas. Era imposible, claro. Solo eran puntadas sobre una tela. No tenían la capacidad de transformar.

Sin embargo...

«El arte, el de verdad, existe solo para transformar», había dicho mi madre. «Y solo es arte de verdad cuando lo consigue. Cuando transforma al artista, a la audiencia, a todos».

¿La habría transformado a ella? ¿Me habría transformado a mí? Y, si lo había hecho, ¿podría pararlo?

Me llevó casi dos horas, pero conseguí acabar la página para la subasta. Envié el enlace a la lista de suscriptores. Dispuse la hora. Aunque sabía que mi madre se opondría a la idea, necesitábamos el dinero. Era la mejor obra que había hecho nunca, y la estaba matando. Lo mejor sería enviársela a algún comerciante y que la sufriera otra persona.

Le di al botón de enviar, me di la vuelta y casi solté un grito, pues Michael se encontraba de pie en la puerta de mi habitación. Tenía los ojos como platos, muy asustados.

—Eh, pequeñajo —dije, casi al borde del colapso—. ¿Qué haces despierto?

—Hay un hombre en casa —me dijo, en un susurro.

Me di una palmadita en el regazo y estiré los brazos en su dirección. Él se me subió a las piernas y dejó que lo envolviera en un abrazo. Intenté mecerlo para calmarlo, pero era complicado. Michael estaba tenso y aterrado. Contenía unos sollozos y tragaba en seco.

—¿A qué te refieres? —le pregunté, tratando de sonar tranquila.

—Hay un hombre en casa —repitió. Su vocecita era leve y cortante, como el sonido que hacían las polillas al estrellarse contra el cristal caliente de la bombilla que teníamos en la parte de atrás de casa. Ladeé la cabeza al oír unos pasos. Mantuve una expresión neutral con la esperanza de que mi hermano no notara cómo se me aceleraba el corazón. Le eché un vistazo al reloj. Eran casi las tres de la madrugada. Si todavía era un hombre, no iba a tardar en convertirse en grulla.

No podía dispararle a un hombre. Pero no tenía ni la menor duda de que sí podía dispararle a un condenado pajarraco.

—No creo que haya nada de lo que tengas que preo-
cuparte —lo tranquilicé, antes de ponerme de pie. Me
puse una sudadera sobre mi camiseta de tirantes y luego
los zapatos. Le acomodé un poco el cabello hacia atrás y
le di un beso en la frente—. Sabes que siempre puedes
contar conmigo, ¿verdad? Pase lo que pase.

Michael asintió y se limpió su naricita mocosa con el
dorso de la mano.

Lo metí en mi cama y le dije que se durmiera. Que
no se levantara hasta que volviera. Le dije que tenía las
herramientas para solucionar aquel problema y que lo
único que él tenía que hacer era cerrar los ojos y esperar
a que todo estuviera bien. Le dije que buscaría en todas
las habitaciones y que me aseguraría de que las puertas
estuviesen cerradas con llave. Que llamaría a la policía si
veía algo. Mi hermano me sonrió y se acurrucó entre las
mantas antes de cerrar los ojos. Agarré la escopeta del
fondo de mi armario, la saqué con cuidado de mi habitación y le puse el pestillo a la puerta para luego cerrarla a
mis espaldas. Pese a que aquello no iba a impedir que
alguien la echara abajo de una patada, sí que lo haría
perder tiempo.

Me apoyé el cañón de la escopeta sobre el hombro y
me dispuse a escuchar.

—Creo que esta vez será. Me parece que está a punto.
—Oí la voz de mi madre en el jardín.

—Eso creíste antes —dijo la voz de un hombre.

—Pero esta vez estoy en lo cierto —añadió mi madre.

La puerta del granero se cerró de un portazo, y yo recorrí la casa a toda pastilla.

20

Había plumas en las escaleras. En la cocina. En el vestíbulo. La puerta de atrás estaba abierta. Había plumas en el porche. Salpicadas por el jardín de atrás. Se me metían en la boca y me oscurecían la visión. Se alzaban en remolinos y me rodeaban, pues la brisa las hacía levantarse. Los drones zumbaban sobre los campos. Desde lejos, pude oír los arados poniéndose en marcha. Habíamos visto señales durante toda la semana de que no iban a tardar mucho en ponerse a sembrar en nuestro sector. En teoría, la maquinaria no debía ponerse en funcionamiento antes de que amaneciera, debido al ruido, pero Horace siempre las encendía temprano para dejar que se calentaran los motores durante una hora o dos. Decía que aquello era lo que su padre solía hacer, en aquellos tiempos en los que su padre aún se encargaba de las tierras. Y cualquiera que quisiera presentar una queja podía hacerlo con el conglomerado. O también podían quejarse con el maíz, pues la respuesta que obtendrían sería la misma.

Las ovejas chillaron desde su redil, con miradas asustadas. Beverly se alzó sobre sus cuartos traseros, y Nix se puso a dar vueltas en círculos.

—Mamá —la llamé—. ¡Mamá!

Corrí escaleras arriba y aporreé la puerta del estudio.

—No pasa nada, cariño. —La voz de mi madre me llegó desde debajo de la puerta. Goteó por las paredes y se derramó por las escaleras, lo que hizo que me tropezara—. Vuelve a la cama. —Noté su voz pegajosa sobre la piel. En el cabello. Se me coaguló en las puntas de los dedos.

—¿Qué pasa? —exclamé. Me quedé en lo alto de las escaleras, golpeando la puerta del estudio con los puños.

—*¿Qué hace esta aquí?* —Oí la voz a susurros de un hombre. En el aire. Por la ventana. Bisbiseaba como un dron dado a la fuga que sobrevolaba un campo sin fin—. *Nadie quiere que esté aquí.*

Unas alas se agitaron. Una tela se rasgó. Las ovejas chillaban desde el exterior. Seguí aporreando la puerta.

—¡Mamá, déjame entrar! —dije a gritos—. Por favor, ¡abre la puerta!

Ya sabes lo que le pasó a mi madre, cómo no. Pues claro que lo sabes, dijo mi madre. Aunque aquello no lo oí. No era su voz con la que hablaba. Era la voz que oía en la cabeza. *Solía aguar el whiskey de mi padre lo justo y*

necesario para acercarlo al síndrome de abstinencia. No lo su-
ficiente como para matarlo, claro, sino solo para que se enfer-
mara y quisiera ir al hospital. Tenía que esconder los tranqui-
lizantes de los caballos y el diazepam de las ovejas porque se
los tomaba como si fuesen caramelos. Tenía una horrible cica-
triz en la sien de cuando mi padre le estampó su bota en la
cara. Y, gracias a su puño, le faltaban tres dientes. Mi padre
nunca abusó de nosotros, ni siquiera cuando mi madre se fue
volando, pese a que tenía las alas rotas. Sin embargo, no con-
siguió alejarse mucho. El arado la pilló. Supongo que su cuer-
po no es nada más que una fila de maíz clonado a estas altu-
ras. ¿Ese es el destino que quieres para mí?

—No eres como tu madre, mamá —le dije. ¿Con
quién estaba hablando? No había nadie allí. No obstante, podía notar a mi madre en los huesos. La sentía en el
aire. Como no había traído mis herramientas, empecé a
lanzarme contra la puerta. Le di una patada tras otra
hasta que la madera comenzó a quebrarse—. Eres tú
misma. Solo te perteneces a ti. A tu arte. A Michael y a
mí. No queremos que te vayas volando. —Empecé a
ahogarme con mis propios sollozos.

Pero eso es lo que hacemos las madres en la granja. Nos
salen alas y alzamos el vuelo.

—Ninguna otra familia es así, mamá —continué hablando, mientras le daba otra patada a la puerta. Y otra,
y otra más.

No se suponía que tu padre se fuera antes que yo.

Seguí pateando la puerta y las grietas aumentaron de tamaño.

Pero se enfermó y lo perdimos y todo se fue al garete. Son las madres las que abandonan la granja. Eso lo sabe todo el mundo.

Pateé la puerta una vez más y la madera empezó a astillarse.

Érase una vez, una chica que se enamoró de un cisne. O de un águila. O de una grulla. Todas son la misma historia, ¿sabes?

—Esto no es una historia, mamá. —Tenía la voz entrecortada y ronca—. Es la vida real.

La madera terminó de romperse y cedió. Me abrí paso entre ella para entrar.

La luz en el interior parpadeó, y vi a mi madre y a la grulla. Volvió a parpadear, y estaba mi madre y un hombre. Parpadeó una vez más, y había un hombre y una grulla. Un último parpadeo, y aquella vez había dos grullas, una rodeándole el cuello con el pico a la otra.

—¡Haz que vuelva! —rugí, por mucho que no supiera si le estaba hablando a una grulla o a dos. ¿Le estaría hablando al hombre? ¿O a mi madre?—. ¡Haz que vuelva ahora mismo!

La grulla más pequeña se apartó. Era mucho más menuda que la otra y tenía un pico delicado y unas plumas de color claro. Se subió al alféizar de la ventana, y era mi madre, desnuda bajo la luz de la luna. Era un ave, con un grito desolado atascado en la garganta. Y luego volvió a ser mi madre de nuevo.

—Todo ha ido mal —dijo, entre sollozos.

Alcé la escopeta y me la acomodé en el brazo. Mi madre era un ave que era una mujer que era un ave. La grulla era un hombre que era una grulla que era un hombre. No podía dispararle a un hombre. Aunque sí que podía dispararle a un pajarraco. Lo mantuve en la mira, respiré hondo y esperé a que llegara el momento.

La bombilla soltó un chasquido y nos quedamos a oscuras. Un hombre soltó una carcajada. Una grulla soltó un graznido. Algo afilado me cortó la mejilla y se me clavó en un costado. Caí hacia adelante y noté una mano, unas plumas, el impacto de algo grande y pesado contra el cráneo. Una risa. Un graznido. Apunté en medio de la oscuridad. Oí el lamento de una grulla y apreté el gatillo. Y luego no noté nada de nada.

21

La grulla al horno, incluso si la haces a fuego lento y tomándote tu tiempo, incluso si la rellenas con las cebollas y zanahorias que guardabas en la bodega del sótano y que cultivaste en el jardín trasero, no está muy buena. La carne es fibrosa y dura y... bueno, grosera no es un sabor que pueda tener la comida como tal, pero, si lo fuese, esa carne sabría así.

Aun así, seguía siendo comida.

Y teníamos hambre.

Mi madre me enseñó lo que necesitaba saber. Sé cómo quitarle las plumas y destripar a un ave. Sé cómo aprovechar un recurso cuando este se nos pone en bandeja. Sé cómo ajustar medidas por aquí y por allá y hacer que unos pocos ingredientes se conviertan en un plato de comida. Sé cómo juntar y juntar las cosas que mantendrán a mi familia segura. Y esas son habilidades que una no olvida sin más.

Michael y yo comimos las sobras de la carne de grulla durante las siguientes tres semanas. Primero las patas y los muslos, luego las alas, después la carne triturada con arroz, y en sándwiches y, tras ello, con mayonesa sobre unas galletitas saladas. Hervimos los huesos para hacer caldo y preparamos sopa para varios días.

—¿Estás segura de que no es mamá? —me preguntó mi hermano por enésima vez tras haberle explicado lo que sucedió aquella noche. Y luego otras mil veces más.

—Segurísima. Es... ya sabes quién. —Tragué en seco. Ya me estaba costando un poco hablar del tema. Y pronto llegaría el día en que no volveríamos a mencionar lo ocurrido nunca más. Tanto Michael como yo lo sabíamos a la perfección—. Es... la grulla. Aquel que mamá quería que llamáramos «Padre», pero que no era nuestro padre. Esa grulla. Quien, por cierto, era muy malo.

Añadí eso último como justificación para mí misma, más que nada. Aunque me había prometido que nunca le dispararía a un hombre, no estaba segura de si había sido un hombre cuando le había disparado. Cuando volví a encender las luces, tenía la forma de una grulla, y una bien muerta, la verdad. Y soy hija de mi madre. Y mi madre es hija de un granjero. Ambas sabíamos cómo sacarle provecho a una situación, por muy despiadadas que pareciésemos. Ni siquiera reparé en lo que sucedería después, sino que lo hice y ya. Así es la vida.

—Además —añadí—, llevaba ese sombrero tan ridículo. —Aquello no era del todo cierto, pues el sombrero había estado cerca de la grulla. Más o menos. Y, de todos modos, la grulla muerta que había estado en el suelo del estudio era enorme, mucho más grande que mamá. Y sus plumas eran grises, no blancas impolutas, como las que mamá... En fin, que le había disparado a *esa* grulla. A la correcta.

—Bueno, solo si estás segura —dijo Michael, mientras se comía otro sándwich.

Durante días, mi hermano y yo no le contamos a nadie lo que había ocurrido. Fuimos a clase; o bueno, él fue a clase cuando lo dejaba en la puerta y yo volvía a casa. La limpié y fregué el estudio. Quité todos y cada uno de los indicios que mostraban que una grulla había vivido allí: los zapatos con agujeros de garras, el sombrero, las plumas que se habían infiltrado en absolutamente todas las habitaciones de la casa. Y también pasé tiempo con las ovejas.

Pese a que todavía faltaban varios días para la subasta del tapiz de mi madre, las pujas eran más escasas de lo que me habría gustado. Quizás mis descripciones eran demasiado extravagantes. O quizás no había conseguido transmitir el alcance completo de todo el esfuerzo de mi madre por medio del objetivo de mi cámara. De modo que cancelé la venta y me disculpé con aquellos que habían pujado en ella. Les dije que mi madre se había percatado de que aún tenía ciertos detalles que debía agregar y que no estaba lista para separarse de su obra por el momento.

«Así son los artistas», escribí en mi correo. «¿Qué se le va a hacer?». Y firmé como «Bruce».

Un par de días después, empecé a sembrar rumores y chismes en varias salas de chat y foros —con distintos pseudónimos, por supuesto— de que mi madre había sido asesinada.

O de que había decidido recluirse en algún lugar.

O de que alguien la perseguía.

O de que se había esfumado sin más.

«Fue una pareja resentida», escribí en un foro.

«Fue el conglomerado de agricultura», escribí en otro.

«Vio algo que no tendría que haber visto y ellos no lo podían permitir», escribí en una página web de conspiraciones.

«A este pueblo nunca le han gustado las mujeres como ella», compartí con un público lector que simpatizaba con ella.

En la página web de mi madre, no escribí nada. El tal «Bruce» dejó de responder preguntas.

Sin embargo, los rumores se dispersaron, y aparecieron unas páginas web para que la gente donara. Unos vídeos con recopilaciones conmemorativas se propagaron por todos lados en internet, miles de ellos a la vez, como si de dientes de león se tratasen. Cuánto más creía la gente que hubiese posibilidades de que hubiese muerto, más interés sentían por su trabajo. En ocasiones, la gente es así de predecible, por lamentable que sea.

Mientras tanto, empecé a hacer fotos, clasificar y empaquetar todo lo que pude antes de anunciar una nueva venta. Diseñé una página de subastas preciosa, con una fotografía de mi madre en el centro. Salía con su vestido de boda (un poco ajustado debido a que yo ya estaba en camino), flores en el pelo y el rostro alzado hacia el cielo. Unas muestras de su trabajo llenaban la página siguiente. Hice etiquetas y creé una lista de referencia de precios base para empezar a pujar. Puse prácticamente todo lo que encontré a la venta. Los cuadros que había hecho en madera vieja y que había dejado abandonados en el sótano. Cojines de punto y madejas de telas hechas a mano. El vestido que llenó de bordados complicados y que se ponía cuando ganaba algún premio. Una caja llena de cuadernos de bocetos. Las mantas con ciudades enteras escondidas en los puntos y los tapices repletos de bosques, barrios futuristas y mundos subterráneos; todos ellos experimentos que había dejado de lado y que había reconvertido en cosas distintas y que llenaban nuestro hogar. Hice una página aparte para el tapiz final, di inicio a una guerra de subastas con unos precios tan descabellados que ni yo me lo creía y casi me dio un patatús al ver que no tardaban nada en ofrecer eso y muchísimo más. Incluso, y con todo el dolor de mi corazón, puse un anuncio para vender nuestras tres ovejas. Después de hacerlo, no pude ni mirarlas a la cara.

Es por Michael, me dije a mí misma, al tiempo que las ovejas balaban con tristeza en mi dirección. *Todo lo que hago es por Michael.*

Los rumores sobre el paradero de mi madre, si estaba a salvo o bien de salud continuaron circulando incluso mientras se llevaba a cabo la subasta. ¿Estaría viva? ¿Habría muerto? La gente le escribía correos a Bruce para preguntárselo.

«Su familia necesita privacidad en estos tiempos difíciles» escribí, y añadí: «Por favor, limitad vuestras preguntas y comentarios al tema de la subasta. Muchas gracias, Bruce».

Casas de subastas de fuera del pueblo intentaron ponerse en contacto, claro, pero yo no estaba dispuesta a entregarle ni un solo céntimo de las ganancias de mi madre a nadie. Me encargué yo de las ventas. Envié acuerdos de confidencialidad a todos los posibles clientes. Acepté tarjetas de crédito y dispuse los respectivos avisos y declaraciones de intenciones. Podría haberles pedido la luna si así lo hubiese querido. Asigné todas las ganancias a una cuenta de fideicomiso que abrí para Michael, de modo que nadie —ni siquiera un padre adoptivo, un tutor asignado por el gobierno ni una familia de acogida— las pudiese tocar hasta que mi hermano cumpliese los dieciocho. No teníamos más familia que el uno al otro, y sabía que era imposible que permaneciésemos juntos si el gobierno se hacía cargo de nosotros. No con mi absentismo escolar y el archivo que tenían sobre mí en los servicios sociales. No cuando Michael era así de pequeñito y adorable. Iban a querer darle el mejor comienzo posible, sin tener que cargar con el lastre que era su desafortunada hermana mayor.

Una vez que vendimos el tapiz y que la empresa de transporte que contrató el comprador se lo llevó (dos de ellos se pusieron a llorar al verlo: dos adultos que nunca le habían prestado ni la más mínima atención a las obras de arte, pero ese era el efecto que tenía mi madre en la gente), puse a la venta todo lo que se me ocurrió y destiné todo el dinero a la cuenta de mi hermano.

Nada era mío, por supuesto. Todo iba a ser para Michael. Porque era hija de mi padre y sabía proteger a mi familia. El encargado del absentismo escolar llegó antes que la policía. Se trataba de un hombre delgaducho que prácticamente no tenía barbilla y que se cubría la boca al hablar. La asistente social llegó con él.

—Debo informarte de que estoy grabando esta interacción —dijo, de buen humor.

—Ya lo sé —contesté—. No tiene que decírmelo cada vez que hablamos. Adelante, por favor.

Ambos se sorprendieron al ver que los invitaba a mi hogar tan rápido. El encargado contuvo la respiración al ver el estado inmaculado de la casa. Cada superficie relucía, y estoy bastante segura de que no era aquello lo que esperaba encontrarse.

—Jovencita —comenzó, tras aclararse la garganta—, no has asistido al instituto durante... —Revisó sus apuntes—. Jesús, María y José, ¿cómo te las has arreglado para faltar tanto?

—¿Dónde está tu madre? —me preguntó la asistente social.

—Me encargo de mí misma —contesté—. Y de mi hermano. Y... —Los ojos se me llenaron de lágrimas, como por arte de magia—. Ya nadie nos hará daño. —Dado que no iba a poder evitar lo que iba a suceder, supuse que al menos podría sacarle provecho.

La asistente social se quitó las gafas, pero las dejó sobre la mesa y apuntando en mi dirección. Las lucecitas de las esquinas aún brillaban como esmeraldas. Si bien era probable que me hubiese tomado por tonta, aquello no quería decir que tuviese que comportarme como tal. Me enjugué las lágrimas, sin apartar el rostro de la cámara.

—Lo preguntaré una vez más —dijo ella—, ¿dónde está tu madre?

—Se fue —le dije—. Con ese hombre. El que le hacía daño. Nos dijo que no la buscásemos, que no volvería. —Me giré hacia la ventana—. A veces creo que aún puedo oírla en su estudio. Sus gritos. —Hice como que me recorrió un escalofrío y me cubrí el rostro con las manos, para ocultar mis sollozos falsos—. Me pidió que no dijera nada.

Lo había ensayado todo. Los adultos intercambiaron una mirada y procedieron a llamar a la policía.

Michael y yo tuvimos que prestar declaración. *Sí*, explicamos, tenía una pareja que la golpeaba. *No*, añadimos, no sabíamos a dónde había ido ninguno de los dos. Esperábamos que nuestra madre estuviese bien.

—¿La mancha de sangre? Eso fue un pájaro —le expliqué al agente—. Se coló por la ventana y se enredó con las telas. Entró en pánico y se estrelló contra la columna y luego contra el suelo. No tenía ni idea de lo que estaba pasando y siguió sacudiéndose a pesar de estar sangrando. Ya sabe cómo son los pájaros.

El agente me dijo que tendrían que analizarla de todos modos, solo para asegurarse. Y así lo hicieron. Los resultados confirmaron que no era sangre humana.

«Alguna especie de ave», decía el informe. Y casi rompí a llorar de puro alivio.

Los coleccionistas siguieron acosándonos, incluso cuando ya lo habíamos vendido todo, y arañaron nuestra puerta digital como si fuesen perros. Nos preguntaban si había algo, lo que fuese, que pudiesen comprar. Proyectos sin terminar. Notas escritas a mano. Quizás algún diario o un cuadro o una escultura o un jersey tejido por ella misma. La gente se moría por tener algo suyo.

«Una artista enigmática desaparece en medio de la noche y abandona a sus hijos», rezaban los titulares de los periódicos, acongojados. Dijeron que la policía había encontrado su sangre en la habitación. En las paredes y en las sábanas. Aquello era cierto, claro, solo que no era nada reciente. La grulla había sido peor de lo que había imaginado. Dijeron que había otra mancha de sangre en el estudio, aunque se olvidaron de mencionar que era sangre de pájaro. Escribieron artículos sensibleros sobre su pequeñín de ojos grandes y mirada seria, que se había quedado huérfano en un mundo cruel y despiadado. A mí ni me mencionaron.

Lo que me venía de perlas, en realidad. A Michael lo situaron con una buena familia en una buena ciudad. Aunque le escribí cartas cada semana, no sé si pudo leer alguna, pues nunca me respondió. A mí me asignaron a un hogar de acogida, pero no me quedé allí mucho tiempo.

La gente quería saber si era como mi madre. ¿Era una artista condenada, una promiscua incurable o una tragedia poética? Quizás era todo eso a la vez, pero no quería hablar del tema. Era cosa mía, y todo fue a mejor cuando me marché y me hice cargo de mí misma.

Cuando cumplió los dieciséis, Michael terminó huyendo de casa de su familia adoptiva y les dejó una nota en la que les decía que iba a ir a buscar a su verdadera madre. A mí ni me mencionó. No estoy segura ni de que me recuerde, siquiera. No sé qué le habría contado su familia adoptiva. Cuando se marchó, no se llevó absolutamente nada, ni siquiera una mochila. Se limitó a desaparecer en plena noche, y nadie ha sabido nada de él desde entonces. Pese a que cada año reviso el saldo de la cuenta que dejé para él, hasta el momento no la ha tocado. No sé si la recuerda siquiera.

Y aquello sucedió hace diez años. Han pasado veinte años desde que mamá..., bueno, ni siquiera sé qué palabra usar. ¿Desde que murió? ¿Desde que pasó a mejor vida? ¿Desde que *cambió*? Las madres no se quedan en la granja, sino que alzan el vuelo. No sé por qué pensé que ella sería diferente, por mucho que ya no hubiésemos tenido ninguna granja desde la cual salir volando. ¿Cómo se puede huir de tu legado si tu legado ya no existe?

Cada mes, pongo mensajes en internet, en tableros informativos de bibliotecas, en los periódicos del pueblo en el que creo que puede estar mi hermano. Y cada vez es el mismo mensaje: «Michael: todo habría ido bien si no hubiese conocido a esa grulla. Estoy aquí cuando me necesites, pequeñajo». Aunque hasta el momento no he sabido de él, no pierdo la esperanza.

No he vuelto a la granja. Ni a casa. Nadie compró el terreno, y ahora la granja le pertenece al maíz. No tengo ninguna intención de volver.

Ahora trabajo haciendo retratos de personas por encargo. O de sus perros, lo que, por alguna extraña razón, me hace ganar más dinero. No es mucho, pero consigo sobrevivir así. Sigo dibujando a mi padre y sigo sin mostrárselo a nadie. Pese a que vivo en medio de la ciudad, es un poco extraña la forma en que tantos sonidos me recuerdan a nuestra granja. Las voces de los borrachos que salen de los bares dando tumbos hacia la noche se parecen demasiado a los balidos de nuestras ovejas. El zumbido del tráfico de la autopista interestatal es clavadito al sonido de los drones. Cada vez que oigo el motor de un coche destartalado, corro hacia la ventana en busca de un arado. Y cada vez que oigo el siseo de los cables eléctricos que hay en el callejón que tengo fuera del piso, podría jurar que oigo el sonido que hace el maíz al crecer.

Quizás nunca conseguimos huir. Quizás todos los lugares son lo mismo.

De vez en cuando, una grulla se posa en mi ventana. Se queda mirando mi caballete y mis pinturas. El telar que construí con mis propias manos y mis pinitos al tejer. Porque, cómo no, me enseñé a mí misma a tejer. Si bien puedes sacar a una chica de su granja, no puedes hacer que una tejedora no teja. Debe ser cierto que uno es lo que se supone que debe ser.

La grulla aprieta el cuerpo contra el cristal. Es preciosa: sus plumas son de un blanco impoluto, tiene un pico elegante y unos movimientos gráciles. Me doy cuenta de que hoy tiene un corte profundo sobre uno de los ojos. Algo de sangre le mancha las plumas de la cola. No es la primera vez que acude a mí con alguna herida. Yo intento no mirarla, pero ella da golpecitos a la ventana una y otra vez.

Puedo ayudarte, parece querer decir, con la vista clavada en la tela tejida a medias que hay en el telar.

—No necesito tu ayuda —digo, en voz alta, antes de ponerme a trabajar de nuevo. La grulla se queda sobre el alféizar, y estira su cuello largo hacia adelante con dulzura. Ladea la cabeza. Su ojo negro parece un pozo de tinta. Un agujero sin fondo. Es una supernova hecha de densidad y hambre y una gravedad imparable que atrae todo lo que puede hacia su centro. Para desatarlo, para deshacer cada puntada y volverlo irreconocible. ¿Cómo se sobrevive a un amor así?

El arte existe para trascender, traspasar y transformar. Golpea el cristal con más y más insistencia.

—Sí, eso me han dicho —comento, sin alzar la mirada.

Podría hacer que sea hermoso. Podría hacer que todo sea hermoso. El arte podría cambiarte la vida. Podría darte alas. Y entonces podrías alzar el vuelo. ¿Es que no quieres alzar el vuelo?

Me pregunto si sabe que todo es mentira. No me levanto. No participo. Me limito a hacer mi propio arte. En el telar, añado puntadas a una pieza en la que llevo un tiempo trabajando. Un niño pequeño que corre en medio de un campo de maíz, persiguiendo a un ave, con un botón rojo y brillante cosido sobre el corazón. Le hago un nudo al hilo y lo ato con fuerza.

AGRADECIMIENTOS

Escribí este libro en una caravana antiquísima que compré en una granja en el sur de Minnesota. La viuda que me la vendió me contó que el terreno le pertenecía a su familia desde hacía mucho tiempo, pero que iban a venderlo pronto y que iban a demoler la vieja hacienda para hacer sitio para sembrar más maíz.

—Es un poco raro no vivir en la tierra que cultivas —me dijo, mientras firmábamos los documentos de venta del vehículo que esperábamos que funcionase lo bastante bien como para llevar a mi familia a lo largo de varios estados—. Es un poco raro venderle el legado de tu familia a alguien que no es una persona.

Asentí, pero ¿qué se le iba a hacer? A fin de cuentas, el mundo no deja de cambiar.

Escribí esta historia en gran parte por pura casualidad. Estábamos en medio de la pandemia y llevábamos a nuestro hijo mayor, todavía sin vacunar, a la universidad. Eran tiempos llenos de ansiedad. Decidimos tomar un desvío por una ruta pintoresca, para evitar las multitudes, y recorrimos unos caminos rurales muy monos y salpicados con granjas abandonadas y campos de maíz y de soja que se extendían hasta donde alcanzaba la vista. En algún lugar de Indiana, me quedé sin aliento al ver a una grulla posada sobre la viga del tejado de una casa en ruinas. No sé por qué me impresionó tanto ni por qué decidió tomarse su tiempo sobre aquel tejado a punto de venirse abajo, como el rey obstinado de unos dominios que se acercan a la ruina. Me embargaron unos pensamientos de disolución y desolación, de reglas cambiadas y de fábricas sociales que se deshacen, de persistir y de sobrevivir —y de cómo sobrevivimos a nuestra propia supervivencia—, por lo que abrí el ordenador y la grulla se adentró en él.

Esta historia no se habría convertido en lo que es sin las amables preguntas y el optimismo sin límites de Jonathan Strahan; si te retara a encontrar a un editor más majo, te aseguro que no podrías. También fueron algo crucial las críticas incisivas de mi grupo de escritura, los Wyrdsmiths (Lyda Morehouse, Naomi Kritzer, Theo Lorenz, Adam Stemple y Eleanor Arnason), así como de mis otras lectoras (¿o animadoras?): Laura Ruby, Martha Brockenbrough, Olugbemisola Rhuday-Perkovich, Laurel Snyder, Tracey Baptiste, Linda Urban y Kate Messner. Escribir es una tarea solitaria, salvo cuando no lo es. Y dónde estaría de no ser por Steve Malk, agente y adalid, quien soporta demasiadas cosas, para ser sincera. Tengo una trayectoria literaria gracias a ti, Steve. Muchísimas gracias por todo.